居酒屋ぼったくり 3 おかわり!

秋川滝美 Takimi Akikawa

目次

医師の息子

ちくわの磯辺揚げ

ビーフカツ

ぶっかけ薬味素麺

真っ青な空に入道雲が立ち上る。

その形はまるで有名タイヤメーカーのイメージキャラクターのようで、ぐっと近づいて目と鼻を書き込みたくなる。そうしてやれば自分の意志で動き出し、どこかに行ってくれるかもしれない。

夏の盛りの象徴のような雲が姿を消すことで、少しでも暑さが和らいでくれないか、と祈ってしまう午後だった。

——畜生……こんなに暑いとまた熱中症の患者が増えちまう。あーもう、うろうろすんなって！　頼むからみんな、家でおとなしくしててくれよ！

東京下町のとある商店街を歩きながら、太田幹人は心の中で悪態をつく。

幹人はこの町で生まれ、この町で育った。今は仕事の関係で、町を出てひとり暮らしをしているが、子どものころからこの町には年輩者が多かった。ただ、昔は年輩者だった人たちが、今は本当の年寄りになっている。

その事実が、病気や怪我の心配に直結して、幹人は心穏やかではいられない。暑い盛りに外を歩く年寄りを見るたびに、エアコンの効いた家にいてくれ、と思ってしまうのだ。

この町の年寄りたちが若かったころと今では、暑さが全然違う。けれど彼らは頭ではわかっていても、買い物だのなんだのと外に出ることをやめられない。車でもあればまとめ買いをし、外出頻度を減らすことも可能だろうが、下手に充実した商店街があるがゆえに、車を持っていない者も多い。

さらに高齢者が起こす交通事故が増えてきたこともあって、あえて運転しない年寄りも増えている気がする。そんな人たちにとって日々の買い物は欠かせないし、散歩だって家族以外の人と話をする貴重な機会として必要なのだろう。

そんなことを考えながら歩いていると、幹人の名を呼ぶ声が聞こえた。

「みっちゃんじゃねえか！」

目を上げた先にいたのはヒロシ、『八百源』の主で、確かこの町の町内会長も務めているはずだ。幹人はぺこりと頭を下げる。

「あ、どうも……」

「久しぶりだな、みっちゃん。ずいぶん立派になって……昔は亮子さんそっくりだったけど、なんとなく親父さんに似てきたな！　やっぱり坊主ってのは、最終的には親父に似ちまうのかねえ……うちのも近頃、俺に似てきてさー。困ったもんだぜ」

そう言いながらも、ちっとも困っているように見えないヒロシと少しだけ話をしたあと、幹人はまた歩き始める。この町に帰ってくるたびに、こんなふうに声をかけられる。いちいち長話をしていたら、いつまでたっても家に辿り着かない。しかもこの暑さである。年寄りの心配の前に、自分が熱中症で倒れかねなかった。

『太田医院』と書かれた看板の脇を通って裏に回る。そこに狭い階段があり、二階に上がったところが自宅の入り口だ。

インターホンを押したあと、しみじみとドアを眺める。アパートよりは幾分マシ、という素っ気ないドアは、幹人が子どもだったころから変わっていない。ドアだけでなく建物自体も、祖父が建てたときからほとんど手が入れられていないはずだ。

なにせ祖父も父も根っからの町医者だから、建物に手を入れることで診療に支障を来すなんてあり得ない、改築のために休業なんてもってのほかだ、と考えたに違いない。さらに、そんな金があれば最新の医療機器を導入すると……

その考えはわからないでもないが、この建物は日当たりの良さが徒になって、壁のクロスは日焼けで茶色くなっているし、歩くと床もぎしぎしいう。掃除は行き届いていているから清潔感はあるものの、見ていると複雑な思いに駆られる。医療機器だけではなく建物、とりわけ住居部分にもう少し金をかけてもいいのではないか——そんな気がしてくるのである。

祖父はずいぶん前に亡くなったけれど、亡くなる直前まで診療を続けていた。ろくに旅行にも行けず、急患に備えて晩酌すら滅多にしない。このまま行けば、父もそんな人生になる。本当にそれでいいのだろうか……

　そんな疑問に苛まれつつ待っていると、勢いよくドアが開き、母が顔を出した。

「おかえり、幹人！」

「ただいま。母さん、元気そうだね」

「元気じゃなきゃやってられないわ！　今日も朝から大忙し、ついさっき午前の診療が終わったところよ」

「さっき⁉　もうすぐ一時半だよ？　午前の診療は十二時までなんじゃ……」

「そうよ。でもこれでも今日はましなほう。休み明けとか休み前だと二時近くになっちゃうわ」

「午後は三時からだろ？　それじゃあ休む暇もないじゃないか」

「仕方ないじゃない。患者さんを追い返すわけにもいかないし」

　こんなことには慣れっこだと母は言う。幹人も子どものころはそれが当たり前だと思っていたけれど、今は考え方が変わった。医者だってひとりの人間である。すべてを医療に捧げる生き方はいかがなものか、と思うようになったのだ。

「患者の心配もいいけど、そろそろ自分たちの心配もしてくれよ」

「はいはい、わかったわかった。あんた、お昼は食べたの？」

患者どころか、とっくに成人した息子の食事まで心配する。母は、いくつになっても子どもは子どもだと言い張るけれど、なんともやりきれない気分になる。

「食ってきたよ。ついでに弁当を買ってきた」

「食べてきたのにお弁当？」

怪訝（けげん）な顔になった母に、幹人はぬっと手提げ袋を差し出す。中には牛タン弁当が三つ、そして総菜がいくつか入っている。帰ってくる途中でデパートに寄って買ってきたものだった。

「母さん、忙しいだろ？　晩飯用にと思って」

「え、晩ご飯？　それは助かるわ！」

「こうでもしないと俺が帰ってきたからって山ほど料理を作りかねない。仕事で疲れてるのに、そんなの申し訳なさすぎる」

「そう……ありがと」

嬉しそうに手提げ袋を受け取り、母はリビングに入っていく。そこには、新聞を広げた父がいた。

「ただいま、父さん」

「おかえり」

新聞を少し横にずらし、父は幹人の姿を確かめる。

その眼差しが、診察する医者そのものでつい笑ってしまった。

「顔色よし。今朝測ったところによると血圧、脈拍とも正常。発汗はあるけど、それは外がくそ暑いから」

「そうか」

幹人の自己申告に安心したのか、父は新聞を戻してまた読み始める。

昼休みに新聞を読むのは、昔からの父の習慣だ。見るたびに、朝刊なんだから朝に読めばいいのに、と思ってしまうが、いつ読もうが父の自由だろう。

「お茶を淹れるからお座りなさい」

母の声で、父の隣の席に腰を下ろす。

入り口から見て一番奥が父の席、その隣に幹人、父の向かいに母、母の隣に妹……というのが、昔から変わらぬ太田家の配置だ。幹人が家を出たあと妹も独立し、夫婦ふたりの暮らしになった今でも、帰宅すれば当たり前のように自分の席に座る。家に帰ってきた、と感じる瞬間だった。

「あら、お菓子が入ってる！　今いただいていい？」

「もちろん。ちょうど昼休憩だろうと思って買ってきたんだ」

「ありがと。あんたは昔から気がきく子だったけど、近頃特に、って感じで嬉しいわ」

「目配り、気配りは医者の必須条件、ってお祖父ちゃんによく言われたからね」

「そうだったなあ……」

父の呟きが聞こえた。

聞いていないようでちゃんと聞いている。目配り、気配りに加えて、耳の良さも医者の必須条件だな、なんて笑っていると、母が湯飲みを運んできた。

「あんた、たまには緑茶を飲んでる？」

「カテキンは身体にいいんだから、なるべく飲むようにしなさいね」

「あんまり……」

「へーい」

「じゃ、いただきましょう」

なにをするにしても、一言説教めいた台詞がつく。思春期のころはずいぶん疎ましかったけれど、大人になった今では、息子を思う母の気持ちもなんとなくわかるようになった。俺も成長したもんだ、などとにんまりしつつ、菓子の包みを開ける母を見ていた。

「あ、これ、前にテレビで紹介されてたやつじゃない？」

「そうらしいね。母さん、こういうの好きかなと思って」

包みの中から出てきたのは、鹿児島土産と名高いお菓子だ。薩摩芋を使った、いわゆるスイートポテトで、母の言うとおり、有名女優がテレビで紹介していたらしい。これならお茶でもコーヒーでも紅茶でも合うからと購入したが、思った以上に喜んでくれたようだ。

「薩摩芋のお菓子って大好き。これ、一度食べてみたかったのよね。はい、お父さん」

母はいそいそと箱からお菓子を取り出し、父にすすめる。そのまま新聞を読み続けるかと思った父は、意外にも新聞を置いてお菓子の包みを開け、口に運んだ。

「なかなか旨いな。それにこいつ、東京駅じゃないと買えないんだろ？」

「え、そうなの？」

確かにこのお菓子は、今のところ東京駅にあるデパートでしか売られていない。母は素っ頓狂な声を上げたが、幹人にしてみれば、父がそれを知っていたことのほうが驚きだ。意外に情報通なんだな、と感心している幹人をよそに、両親の会話は続く。

「ああ。前にウメさんが食べたがってるのを知って馨ちゃんが買いに行ったらしい」

「馨ちゃん……ああ、『ぼったくり』の？」

「そうそう。ウメさんは自分で行くって言ったんだけど、あの人、あんまり遠出しないし、電車を乗り間違えても大変ってことで、馨ちゃんが代わりに行ったんだってさ」

「いい子ねえ」

「馨ちゃんも美音ちゃんもいい子だよ。この町で育つとみんないい子になる」

「きっと、いい人ばっかりの中で育つからね……って、あら？」

そこで母がぷっと噴き出した。おそらく、息子のふて腐れた表情に気付いたのだろう。

「悪かったね、例外がいて」

「ばかねえ。あんただってちゃんといい子よ。もちろん、小春もね。うちは兄妹揃っていい子」

「よく言うよ。俺が東北に行くって言ったとき、散々文句を言ったくせに」

「それは……」

母がいきなり困った顔になった。

——こういうところが『いい子』じゃないんだよなあ……

ため息をひとつついたあと、幹人はお菓子の包みを開けた。さっきまで堪らなく美味しそうだったお菓子のクリーム色が、急に色あせた気がする。父も母も黙り込む。

「ごめん……」

重い空気がいたたまれず、とりあえず謝ってみる。返ってきたのは、さっきの幹人よりも倍ぐらい大きな父のため息だった。

「謝るようなことじゃない。医者になるには研修が必要なことぐらい、母さんだってわかってたさ。ただ都内にも病院はたくさんある。まさか家から離れるなんて思ってなかっただけだ」

「そ、そうよ……あんたが謝ることじゃない。あのときはちょっとびっくりしただけで、今ではちゃんとわかってる。たった二年のことだし」

その二年だってもうすぐ終わる、と母は笑顔で言う。

温かい、家族も患者も軒並み明るくしてくれる母の笑顔……

だが、これから幹人はこの笑顔を消すような話をしなければならない。母はもちろん、父も驚くかもしれない。できれば先送りにしたいけれど、それでなにが変わるわけでもない。えいやっとばかりに、幹人は切り出した。

「その話なんだけど、二年では終わらないことになりそうなんだ。実は俺、あっちに残ろうと思ってる」

母が目を見開いた。もちろん、この反応は予想していた。

幹人が研修に赴いたのは、東北にある大きな病院だった。複数の病棟を持ち、ベッド数もかなりのもの。いずれこの太田医院を継ぐつもりだった幹人にとって、多岐に亘る診療科がある大病院は研修にはもってこいに思えた。二年かけて、内科、外科、整形外科、さらに緊急医療、緩和医療、リハビリまで学べれば、いろいろな患者を診なければならない町医者として、大きな自信に繋がると信じていた。

実際に行ってみると、確かにいろいろなことが学べた。その半面、自分の力のなさを痛感させられた。研修先では、どの医師も大量の患者を次から次へと診察していく。『三分診療』などと悪し様に言われがちだが、その間に、訊くべきことを訊き、検査が必要なら手配をして治療計画を立てる。三分で済ませられるのは、各々の医師の技量が高く、経験が豊富だからだ。専門性の高い複数の医師がいてこそ、診療の質が上がる。患者にとって、これほど安心なことはない。だからこそ、大病院で研鑽を積みたい——幹人はそう考えたのである。

とはいえ、それが自信のなさに基づくものだという自覚はある。そして、さらに奥底にあるのは太田医院の厳しい日常だ。

太田医院は木曜日の午後と日曜日を休診としているが、診療時間外であっても留守番電話はセットされず、かかってきた電話は自宅に転送される。急な病気や怪我にいつでも対応できるようにするためだ。

診療時間外に電話がかかってくることは、さほど頻繁ではないにしても、心理的には休みがあってないようなもので、おちおち出かけることもできない。

祖父や父が泊まりで出かけるのは冠婚葬祭ぐらいのもので、それすらどちらかひとりだけで、子どもは留守番させられた。おかげで、幹人の記憶にある旅行と言えば、母方の祖父母に連れられていったものばかり……おそらく祖父母は、忙しすぎる両親に代わって幹人や妹に旅の思い出を作ってやろうと思ったのだろう。楽しくなかったと言えば嘘になるが、行く先々で親子の仲睦まじい姿を目にするたびに、寂しさがこみ上げた。おそらく妹もそうだったのだろう。不安そうな顔をして、幹人の手をぎゅっと握ってきたことを覚えている。

あんな思いを自分の子どもにはさせたくない。何人もの医師を抱える大病院であれば、頻繁とはいかなくても、年に何度かは家族と旅行することぐらいできるだろう。少なくとも晩酌ぐらいはゆっくりできるはずだ。

さらに、祖父や父はほとんど学会や研究会に出席していなかった。きっとそのために休診するのがいやだったのだろう。患者のためを思ってのことだろうけれど、新しい知識や技術を身につけることだって重要だ。むしろ、今後のことを考えればそちらのほうが大事ではないか。

かくして幹人は今、開業医ではなく勤務医、しかも複数の診療科を持つ地域の基幹病院を選ぼうとしている。今回の帰省は、それを両親に告げるためのものだった。

覚悟して告げた言葉に、父は小さく頷(うなず)いた。

「そうか……」

「そうか、って……お父さん、ちゃんと聞いてた⁉　幹人はうちの病院を継がないって言ってるのよ！」

「それもひとつの選択だ。幹人がそうしたいって言うんだから、仕方ないじゃないか」

「じゃあ、この病院はどうなるの？　この町の人たちは……」

「病院はうちだけじゃない」

太田医院のほかにも病院はある。何年か前に、大きなショッピングセンターができた際、すぐ近くに開院したところもある。商店街からは少し離れているとはいえ、バスだってあるのだから通えないことはないだろう、と父は言う。

「父さんや母さんには申し訳ないと思ってる。でも俺は、もっといろんな経験を積みたい。最新の技術だって学びたい。たくさんの医師と切磋琢磨(せっさたくま)しながら、もっともっと腕を上げたいんだ」

さすがに、もっと家族と過ごす時間を大事にしたい、という気持ちは口に出せなかった。その言葉が両親を傷つけることぐらいわかっている。

「わかった。しっかり勉強しろよ」

そう言ったあと、父は立ち上がり、玄関に向かった。

新聞はきれいにたたみ直されていたけれど、湯飲みにはお茶が残っているし、薩摩芋（さつまいも）のお菓子も食べかけ……おそらく、己の感情の乱れを息子に見せたくなかったのだろう。

昔から父はこうだった。祖父や母と意見が対立すると、自分が一歩下がる。ぐっと堪えてその場を去ることで、決定的な言葉を出さずに済ませる。おそらくこれから、父は誰もいない診察室で感情を静めるに違いない。

父を見送った母が、盛大にため息をついた。

「あんたは昔から言い出したら聞かない子だった。中学に進むときも、高校に進むときも、親の話なんて聞きゃしなかった」

「そうだったね……」

確か小学校四年生のとき、母に中学受験をすすめられた。

中高一貫校に入れば、高校受験を気にすることなくスポーツに打ち込めるし、勉強にもゆとりをもって臨めるというのが理由だった。ただし、中学受験のためには塾に通ったほうがいいと……

だが、幹人はそのころ、外遊びやカードゲームに夢中だった。遊ぶ時間を削って塾に通うなんてまっぴら、と断った記憶がある。

その後も母は何度か誘いの声をかけてきたし、父にも一度だけすすめられたことがあったが、幹人の考えは変わらず、地元の公立中学に進学した。高校入試も同様で、父や母は私立大学の附属高校をすすめてきたが、家から一番近いという理由で公立高校を選んだ。

今にして思えば、両親は気が気ではなかっただろう。

口にこそ出さなかったけれど、太田医院を継いでほしいという気持ちはあったに違いないし、医者になるには医学部に入る必要がある。医学部はどこも難関だし、早くからの対策が必要、ということで、中学受験や大学附属高校への入学をすすめた。

にもかかわらず、我が子は中学受験を拒否、高校すらも近ければいい、将来のことなどなにも考えてない、という感じだった。父や母の不安はいかばかりだったか……

母はため息まじりに言う。

「高校に進んだあと、父さんも母さんもいったん諦めたのよ。あんたは相変わらず、テニスとカードゲーム三昧で、勉強なんて二の次三の次。この子は医者にはなる気はないのね、って……」

あはは、と笑う幹人に、母は渋い顔で返す。

「笑いごとじゃないわよ。この先あんたはどうする、太田医院はどうする、この町の人たちはどうする。もうね、『どうする』のオンパレードよ。だからこそ、あんたが医学部を目指すって言ってくれたときは嬉しくてね」

「嬉しそうには見えなかったけど。むしろ、驚天動地って感じ」

「そりゃそうよ。志望校決めの三者面談で、いきなり『俺、医学部行きます』なんて言うんだもん。あんたの成績は低空飛行もいいところ……ううん、飛んですらなかったのに！」

「先生が唖然としてたっけ」

「お気の毒に。先生だって、うちが医者だってことぐらいわかってたはずよ。でも、あの成績を見てたら、とてもじゃないけど……。それで出てきたのが『お母さん……何浪まで覚悟されますか？』」

「普段から冗談の多い先生だったのに、あのときに限って大マジだったね」

「しかも一浪とかじゃなくて、二浪、三浪路線。やった、医学部だ！　って喜んだ気持ちに水をぶっかけられたわ。もう手遅れか……ついでに、お父さんごめんなさい！　って」

そう言うと、母はなんだか後ろめたそうにしている。さすがに気になって、訊ねてしまった。

「父さん？　どうして？」

「だって……お父さんはお医者さんだから頭がいいに決まってる。あんたの成績がイマイチなのは、お母さんの頭の悪い遺伝子大爆発としか思えないでしょ？　顔だってあのころはお母さんそっくりだったし……」

「なに言ってんの。容姿は確かに母さんそっくりだったけど、性格は父さんそのものだったじゃん。決めるのに時間がかかるところも、言い出したら聞かないところも」

「お父さんと同じこと言うのね……」

「へえ……そうなんだ」

「うん。面談が終わったあと、家に帰ってお父さんにその話をしたの。私のせいだって謝ったら、平然と言われたわ。あれは俺の息子だから、ぎりぎりまで決断しないし、人の話も聞かない。ただし、お母さんの子でもあるから、やると決めたらとことんやる。だから心配ないって。ついでにちょっと威張られた。俺の子だから、頭の出来が悪いはずないって」

「父さんが自慢なんて珍しいね。あ、そうか……お母さんのせいじゃないってごり押しだ。夫婦愛だねえ」

顔の前に持ち上げた湯飲みの向こうで、母が照れくさそうに笑った。だが、その直後、やっぱり深いため息を漏らす。

「浪人することもなく医学部に入って、留年もせず、国試もあっさり受かって、臨床研修に行って……。これで太田医院も安泰、と思ったのに」

「だからごめんって……」

「そんなにこの町に戻ってきたくないの？　それとも……私たちと一緒がいやとか……」

「そんなんじゃないよ。ただ、俺は大きいとこのほうが向いてるって思っただけ」

そこで幹人は言葉を切った。切ったというよりも、続ける言葉が見つけられないのだ。なぜなら理由の半分が消え失せたことに気付いてしまったから……。

母は懐かしそうに過去を語った。しっかり子どもの成長に向き合い、その場にいなかった父とも情報や思い出を共有している姿を見ると、一緒にいることだけが重要なわけじゃないとわかる。

思えば、子どものころのエピソードで、父が知らないことなどなかった。夫婦間のコミュニケーションという最強のツールを使い、きちんと家族に向き合っていた。祖父母と行った旅先で寂しさを覚えたのも、普段から父や母が自分たちのことをしっかり考えてくれているとわかっていたからこそだ。まったくの放りっぱなしだったとしたら、寂しいなんて思うわけがない。

なにより、休みを返上してまで診療していたのは、祖父や父がそうしたかったからだ。さもなければ、留守番電話をセットしないなんてあり得ない。

幹人が望むのであれば、開院時間以外は診ません、と言い切って、留守番電話をセットすればいい。新しい知識や技術を得たいのであれば、休診にして学会や研究会に出ればいい。そうしたところで、この町の人たちは責めたりしないだろう。

この町に戻りたくないとか、両親と働きたくないというのではない。ではなぜ、自分は大病院を目指すのか……

原点に立ち返った疑問に、幹人は戸惑うばかりだった。

母が診察室に戻ったあと、手持ち無沙汰に湯飲みを洗っていると、インターホンが鳴った。

　宅配便でも届いたのだろうか、と思いながら出てみると、そこにいたのは同じ商店街にある『加藤精肉店』の息子、ユキヒロだった。

　ユキヒロと幹人は同い年、中学までは同じ学校に通った幼なじみである。子どものころは毎日のように一緒に遊んだし、中学の部活も同じテニス部だった。高校は別々だったけれど、ふたりともテニスを続け、休みになると貸しコートで一緒にプレイを楽しみもした。

　ユキヒロは高校を卒業したあと『加藤精肉店』の跡継ぎとして店に入ったものの、幹人がこの町を離れたため、顔を合わせるのは本当に久しぶりだった。

　ユキヒロがそこら中に響き渡りそうな声で言う。

「やっぱり帰ってたのか！　そうならそうと一声かけてくれたっていいだろ！」

「さっき帰ってきたばっかりだよ。いや、おまえ、仕事中なんじゃ……」

「今、ちょうど客が途切れたんだ。ヒロシさんが、みっちゃんが通ったって言うから、慌てて飛んできた」

おまえはいつだってとんぼ返りだから、とにかく顔だけでも見ようと思って、とユキヒロは照れたように笑った。

「ありがと。でも、今回はちょっとのんびりだよ。日曜までいられる」

「じゃあ一回ぐらい飯が食えるよな？　明日はどう？」

「たぶん大丈夫」

「やったー！　じゃあ、また連絡する！」

言うだけ言って、ユキヒロはさっさと帰っていった。

『加藤精肉店』は昔から一家揃って元気者だ。ユキヒロは数年前に結婚、しかも相手はかなり物静かな女性なので、少しは落ち着いたかと思いきや、まったく変わっていない。まあ、人間の性格なんてそう簡単に変わるものでもないか、と思いながら、幹人は洗剤まみれの湯飲みをゆすぎ始めた。

――そういえば、この店に入るのは初めてだな……

物騒な名前が入った暖簾（のれん）を見上げて、幹人は思う。

店の前なら何度となく通っているし、営んでいる姉妹もよく知っている。両親が急に亡くなり、当時はみんなが心配したものだが、しっかり跡を継いで店を繁盛させている。姉の美音は確か幹人の三、四歳上、妹の馨に至っては年下なのに大したものだ、と思いながら引き戸を開けると、カウンター席に座っているユキヒロが見えた。

「お、来た来た！」

まあ座れ、とばかりに、ユキヒロは自分の隣の椅子をぐいっと引く。同時に、おしぼりと箸、そして箸置きを持った女性がやってくる。そう、これが妹の馨だ。久しぶりに会ったけれど、きらきら光る目が子どものころと変わっていない。

中学生のときラケットを持って通学するユキヒロを見て、馨もテニスを始めたそうだ。日曜日にユキヒロを捕まえては、テニスの手ほどきを受けている姿を覚えている。

「いらっしゃいませ！　久しぶりだね、みっちゃん！」

「ご無沙汰(ぶさた)です」

「ほんとご無沙汰。あんまり顔を見せてくれないから、帰ってきたって聞くなり押しかけて、無理やり約束を取り付けたんだ。ほんと、薄情なやつ」

ユキヒロがぼやく。

「薄情って……。俺だって会いたかったけど、時間がなくてさ」

「仕方ないよ。みっちゃんはお医者さんだから忙しいもん。あ、飲み物はどうします？」

馨が飲み物を訊(たず)ねる。ユキヒロは……と見ると、彼の前にはグラスが置かれている。細かい泡とスライスレモンが見えるから、おそらく今流行のレモンチューハイだろう。

「えーっと……じゃあ俺もユキちゃんと同じのを……」

「でもこれ、ノンアルだよ？『ぼったくり』特製濃厚レモンソーダ！レモンをハチミツに漬け込んで作った濃厚なシロップを、よく冷やしたサイダーで割った自慢の逸品！」

「なんでレモンソーダ？　ユキちゃんって下戸……じゃなかったよな。けっこう呑兵衛……」

「呑兵衛って言うな！　たまたま今日はそういう気分なだけ」

みっちゃんは気にせず呑んでくれ、とユキヒロは言う。

「ユキちゃん、まさかどこか悪いところでも……」

心配そうに訊ねる幹人に、ユキヒロは苦笑しつつ答えた。

「まったく……これだから医者は……。大丈夫、どこも悪くないよ。ただの休肝日」

「だったらなんで……」

ユキヒロと約束したのは昨日だが、『ぼったくり』を指定してきたのは今日の午後だ。

この商店街には居酒屋しかないけれど、数年前にできたショッピングモールの中にも飲食店はあるし、最寄りの駅まで出れば落ち着いて話せるレストランぐらいあるだろう。

そんな幹人の疑問に、ユキヒロはあっさり答えた。

「おまえは呑むだろうし、たとえ酒を呑まなくても、美音さんなら許してくれると思ってさ」

そう言って、ユキヒロはカウンターの向こうの美音を見た。

これまた久しぶりに会う女店主は、にっこり笑って頷く。改めて見ると、ずいぶんきれいになったし、色気が出てきたような気がする。最近結婚したと聞いたから、おそらくそのせいだろう。

「うちは、大人でさえあれば大歓迎です。たまたま呑みたくない日でも、まるっきりの下戸でも。それに、幹人さんに会いたがってるのは、ユキヒロさんだけじゃありませんから」

「そうそう。ヒロシさんが触れ歩いちゃったから、みっちゃんが帰ってきたのを知ってる人はいっぱいいるの。でも、さすがに太田医院に押しかけるわけにはいかないし、ユキちゃんに聞いたら、今晩会うって言うじゃない？　だったらうちにして、ってお願いしたんだよ。うちなら、みんなが気軽に入ってこられるから」

「誠に強引な客引きであった！」

馨の言葉に、ユキヒロが昔の殿様みたいに応(こた)える。

どっと笑い声が上がったところで、美音が言った。

「ごめんなさいね、勝手なことしちゃって。迷惑だったらあっちを使ってくれても……」

そう言いながら目で示したのは、小上がりだった。あそこに上がって障子を閉めれば、中に誰がいるかはわからない。落ち着いてユキヒロとふたりきりで話せる、と言いたいのだろう。

だが、幹人としては、そこまでしてふたりきりになる必要があるとは思えない。席を移らないことを決め、品書きに目を走らせる。

「さすがにふたりとも呑まないってのもなあ……」

居酒屋の儲けの大半は飲み物によるもの、と聞いたことがある。だが、美音はまったく気にしない様子だし、馨も元気よく言う。

「そんなの気にしなくていいって！　どうせ今日は、みっちゃんに会いたい人がいっぱい来て大繁盛の予定だから、呑みたいものを呑んで！」

「じゃあ、喉が渇いてるからビールを。そのあと、きりっと冷えた日本酒といこう」

「あ、みっちゃんってイケる口だったんだ！　太田先生は下戸なのにね」

笑いながらビールを取りに行った馨に、美音が窘めるように言う。

「太田先生は下戸じゃないわ。ただ、急患に備えて呑まずにいるだけ」

「そっか……普段からあたしたちのために我慢してくれてるんだね」

「そういうこと。もうね、感謝しかないわ」

「でもまあ、みっちゃんが戻ってきたら、太田先生もたまには酒が呑める。医者がふたりいれば、交代で待機できるもんな」

いや、めでたい、とユキヒロは手を打ち鳴らす。高く響き渡る音が、胸に刺さるようだった。

「ビール、これでいいかしら？」

そのとき、美音が少しためらいがちに声をかけてきた。示されたのは、象牙色に濃い青のロゴが入ったレトロな感じの缶ビールだ。

居酒屋で缶ビールを出すことなんてあるのか、と驚いたものの、この界隈では

『ぼったくり』は酒にも料理にもこだわる店として有名なので、店主のおすすめに間違いはないだろう。

ところが、そこでユキヒロが口を挟んだ。

「おいおい、美音ちゃん。久しぶりの再会なんだぜ、せめて瓶ビールにしてくれよー」

「ごめんなさい。やっぱりそうよね……じゃあ……」

店主はあっさり缶を引っ込めようとする。逆に気になった幹人は、大慌てで美音を止めた。

「ちょっと待って！　あえてすすめてくれるんだから、それなりのわけがあるんだろ？」

「もちろんです」

そこで美音は、すうーっと息を吸って説明を始めた。

「このビールは、アサヒビールさんが一九八六年に発売したものなんですが、缶タイプの製造は一九九三年で終了。それからあとは、飲食店に卸す樽タイプのものだけに製造を絞り、お店に行かないと呑めないビールになっていたんです。それが、二〇二一年に復刻、普通のご家庭でも呑めるビールになりました。おかげでうちでも扱えるようになったんです」

「うちでもって……ここは居酒屋だろ？　ビールがあるのは当たり前じゃないか」

「そうなんですけど、うちはビールサーバーを置かないので、樽タイプでは無理なんです。それにこの『マルエフ』、柔らかでまろやかな味わいを堪能できるんですよ」

「そうなんだ……でも『マルエフ』って珍しいネーミングだね」

「そこにも面白い逸話があるので、よければ調べてみてくださいね。――ということで、こちらでよろしいですか？」

「うん」

「じゃあさっそく」

答えると、後ろから象牙色の缶とグラスが差し出された。

目の前に置かれると同時にグラスが白く曇る。缶もグラスも思いっきり冷やされているらしい。

ユキヒロが、ではでは……と缶ビールを開け、グラスに注いでくれた。

「じゃ、乾杯！」

乾杯の間も惜しい、とばかりにグラスを口に運ぶ。きれいに立った泡を吸い込まんばかりの勢いでゴクゴクやる。驚くほど抵抗なく、ビールが喉を滑り落ちていく。飲み口はまろやかで、コクもある……

「あー旨いな、これ……。俺もアサヒビールは好きだけど、どっちかって言うと『スーパードライ』派なんだ。でも、両方あったら悩むぐらいだ」

「邪魔するよ！　お、みっちゃん、もう来てたか！」

そこに入ってきたのは、薬局を営むシンゾウだった。

同じ町内にあること以上に、医者と薬屋は同業みたいなものということで、祖父も父もシンゾウとは親しく付き合っている。当然幹人も、子どものころからかわいがってもらっていた。

「お久しぶりです、シンゾウさん」

「まったくだ。もっとゆっくり帰ってこいよ、って言いたいとこだが、まあそうもいかんよな」

医師免許は取ったとはいえ、一人前にはほど遠い。まだまだ勉強しなければならないことが山積みで、ゆっくり帰省する暇などないことぐらい、シンゾウはわかっているのだろう。

「そうなんです。親父たちには申し訳ないと思ってるんですけど……」

「ま、子どもなんざ、どこも似たようなもんだ。うちのモモコだって、頼りたいときとか困りごとを抱えたときぐらいしか戻ってこねえし」

「シンゾウさん、まずは座って！」

馨に促され、シンゾウは幹人の隣に腰かけた。そして、幹人の前にある缶を見て歓声を上げる。

「『マルエフ』じゃねえか。いいの呑んでやがるな！」

「シンゾウさんも同じのにする？」

「もちろん。で、ユキヒロは？」

「レモンソーダ、いただいてます！」

「ノンアルとは珍しい。なんでまた……」

そこでシンゾウは言葉を切り、しばらくユキヒロの顔を見たあと、軽く頷いた。

「まあ、いいか。食い物は注文したか？」

「まだなんです。とりあえずみっちゃんが来るのを待って、と思って」

「そうか、そうか。呑まないならたっぷり食えよ。美音坊、こいつらになんか腹に溜まるものを作ってやってくれ」

「今、お肉を揚げますから、とりあえずこちらをどうぞ」

そう言いながら美音が出したのは、ちくわの磯辺揚げだった。ユキヒロが嬉しそうに箸を割る。

「懐かしいなあ……。これ、給食でよく出てきた」

「そうだったな。すごいご馳走ってわけじゃないけど、献立にあると妙に嬉しかったっけ」

そう言いながら幹人も箸を取り上げ、ちくわの磯辺揚げを口に運ぶ。揚げ立

てならではの熱さと、かりっとした食感に思わず目尻が下がる。ここでぐっとビールを流し込めば完璧だとわかっていながら、ちくわだけを噛みしめる。とにかくほかの味を混ぜたくない、そんな磯辺揚げだった。

「なんだよ、みっちゃん。ここはぐーっとビールだろ？　ま、俺はレモンソーダだけど」

　レモンソーダをごくごく飲んだユキヒロが、少々非難がましい口調で言う。一方、シンゾウは面白がっているような眼差しで訊ねてくる。

「どうした、みっちゃん？」

「いや……なんか、ビールで流しちゃうのがもったいない気がして。給食は作ってから時間が経ってるから別にしても、よそで食った揚げ立てのともぜんぜん……。香りが段違いっていうか……」

「おー……聞いたか、美音坊。違いがわかる男がここにいたぜ」

シンゾウに話しかけられ、美音がものすごく嬉しそうな顔になった。

「それ、青海苔（あおのり）を使ってるんです」

「磯辺揚げなんだから、青海苔を使うのは当たり前じゃないの？」

「と、思うだろ？　それが違うんだなあ……」

シンゾウが、幹人の目の前で人差し指を揺らす。くすりと笑って、美音が説明を続けた。

「一口に青海苔と言っても、今売られているものにはスジアオノリとアオサが混在してるんです。アオサは生産量も多くて使いやすいんですが、香りではスジアオノリにはかないません。磯辺揚げは青海苔が主役ですので、うちでは高知産のスジアオノリを使っています」

ちょっとだけお高いんですけどね、なんて嘆きつつも、美音の嬉しそうな様子は崩れない。きっと幹人が香りの良さに気付いたことを喜んでいるのだろう。

「よかったなあ、美音坊。これで、これからもスジアオノリを使える。馨ちゃんも納得だな？」

「はいはい、わかりましたよ！　うちに来るお客さんには、ちゃーんとスジアオノリとアオサの違いに気付く人がいる。だから、これからもお高いスジアオノリを使ってください！」

「どういうこと？」

きょとんとして訊ねたユキヒロに、シンゾウが笑いを堪えながら説明する。

「スジアオノリってのは滅法香りがよくて旨いんだが、生産量が少ない分、値が張る。その点、アオサは海外からも入ってきてて安い。日が経って茶色くなっちまったのは論外だが、新しいものなら香りだってそこそこ。それならアオサでいいじゃねえか、って馨ちゃんは言うわけよ」

「なるほど。まあ、確かにそのほうが実入りは増えるな」

ユキヒロが納得したように頷いた。だが、美音はきっぱりと言い切る。

「ちくわの磯辺揚げの原価なんて大したことないんです。それこそ『ぼったくり』

料理の代名詞みたいなもの。青海苔ぐらいちゃんとしたのを使わなきゃ、お客さんに申し訳ありません」

「……って言うのが、美音坊の意見。でもって、アオサだってちゃんと美味しい、申し訳ないなんて思うことない、ってのが、馨ちゃん。ここに姉妹戦争勃発」

「シンゾウさん、私たち戦争なんてしてませんよ」

「ごめん、ごめん。言葉の綾だ。とにかく、ふたりの意見が食い違って、それならってんで、一時的にスジアオノリをアオサに替えてみたんだ。ところがどっこい、誰も気付かねえときたもんだ。まあ、俺は気付いたけどね」

自慢げに言うシンゾウに、馨が即座に言い返した。

「シンゾウさんは例外！　お酒だってお料理だって、シンゾウさんはごまかせっこないもん。でも、ほかに気付いた人がいないなら、アオサでいいって思ったのよ」

アオサと言っても、美音が選んだのは三重県産の上等品だ。味はもちろん、香りにしてもかなりのものだった。だからこそ、シンゾウ以外の誰も気がつかなかった。それでも美音は、やはりスジアオノリを使いたいと主張した。値が張るから使わないと言っていたら、どんどん売れなくなって、そのうち誰も生産しなくなる。磯辺揚げにはスジアオノリを使いたいけれど、お味噌汁には断然アオサだ。それぞれにいいところがあるのだから、両方を使い分けていきたい、と言ったそうだ。

「というわけで、今でも『ぼったくり』の磯辺揚げはスジアオノリを使ってる。わかる人がいてよかったなーって話」

「そうだったんですか……」

「すげえな、みっちゃん。シンゾウさんとタメ張るなんて……。そうか、香りの違いかあ……」

俺にはちょっと無理そうだ、とユキヒロはしょんぼりする。だが、そんなユキヒロに美音が言う。

「香りだけじゃなくて、スジアオノリとアオサは見た目も違うんですよ。細くて糸みたいなのがスジアオノリ、丸く広がるのがアオサ。青海苔（あおのり）はスジアオノリやアオサを乾燥させて砕いて作るんですけど、フレーク状になってるのはアオサです」

「なるほど、それなら俺にも見分けられる」

ちょっとしたトリビアだな、とユキヒロは言う。

「ユキヒロ、またひとつ利口になったな。『ぼったくり』に来ると旨いものを飲み食いできるだけじゃなくて、知識も増える。美音坊は研究熱心だから、俺も勉強させてもらってる」

「またまた……シンゾウさんなんて、うちに来なくても知識も知恵もたっぷりでしょうに」

「なにせ俺のは昔取った杵柄が多い。日々鍛錬、温故知新だよ」

「でもそれってうちだけじゃありませんよ。この商店街のどのお店に行っても、いろんなことを教えてもらえます。シンゾウさんも『八百源』のヒロシさんも『魚辰』のミチヤさんも、『加藤精肉店』のヨシノリさんだって例外じゃありません。お客さんたちだって！」

美音の言葉に、馨もシンゾウも大きく頷く。ユキヒロもひどく嬉しそうな顔で言う。

「それに、太田先生も獣医の茂先生もいる。この町には知識と教養、それに経験が溢れかえってる」

「経験か……いいこと言うなあ、ユキヒロ……」

「跡取り世代もしっかりしてる、この町の将来は安泰、ってことだね！」

「馨ちゃんの言うとおり！　明るい未来に乾杯！」

シンゾウの音頭で、カウンターの三人がグラスを合わせた。話している間にちくわの磯辺揚げはきれいさっぱりなくなっている。満を持したように登場したのは、フライがのった大皿だった。

「おや、豚カツかい？」

「いいえ、これはビーフカツです」

「ビーフカツ！　それは贅沢だ！」

「ビーフカツだとーーー！」

そこでまた引き戸が開き、入ってきたのはヒロシとミチヤのふたり連れだった。どうやら店の外までシンゾウの声が届いていたらしい。

「それはもしや、本日の『加藤精肉店』の目玉商品なんじゃねえのか？」

ヒロシの言葉に、美音がこっくり頷いた。

「そうですよ。おまけに、添えてあるキャベツは『八百源』さんの特売です」

「そうきたか……いつもありがとよ、ってことで、そのビーフカツとやら、俺にもくれ！」

「俺にも、俺にも！　あと、ビールもな！」

「はーい。今日はビールが大人気ー」

歌うように言いながら、馨が象牙色の缶を冷蔵庫から取り出した。美音は美音で下拵えが済み、揚げるだけになっていたビーフカツを油に泳がせる。

牛肉なら豚肉ほど揚げるのに時間はかからない。むしろ、中まで火が通り切らず、ほんのりピンクぐらいがベストに違いない。現に、目の前に出されたビーフカツは理想的な揚げ具合……幹人はすぐに口に運んだ。

「うわ……さっくさく、しかもこの肉のジューシーさと言ったら……。こんなの食ったことないよ」

サシがたっぷり入ったA5等級の肉とは思えない。それどころか、肉そのものはほとんど脂を含まない部位のようで、逆にそれが肉の旨味をより濃く感じさせる。

本物のマグロ通はトロではなく赤身を好む、と聞いたことがあるが、牛肉にも同じことが言えるのかもしれない。じんわりと染み出してくる肉汁は、呑み下すのがもったいないと思うほど深い味わいだった。

幹人と同じようにビーフカツを食べたシンゾウも唸っている。

「見事な肉だなあ……だがこれ、どうせびっくりするほどの値段じゃないんだろ?」

それに答えたのは美音ではなく、ユキヒロだった。

「まあね。肉としてはすごく上等なんだけど、日本人って『牛肉はサシが入ってこそ』みたいなところがあるだろ? ここまで脂身がないと、買ってくれる人が少なくて、ほとんど処分大特価」

「やっぱり……じゃなきゃ、『ぼったくり』の品書きに載るわけねえよな。いや、ありがてえ。『加藤精肉店』様々だ」

「いやいや、あの肉をビーフカツにしようって思いついたのがすごいよ。親父は『これはローストビーフ一択だ』って言ってたのに……」

「ローストビーフには最適のお肉ですよね。実は私も最初はそうしようと思ったんですけど、今日はすごく暑いし、『マルエフ』も入ったからビールが売れるだろうなあ、そしたら揚げ物を頼んでくださる人が多いかもしれない、って……」

「なるほど、それでビーフカツか……でも、これはいい料理法だね。これならうちももうちょっと値を上げて売れる。『ビーフカツ』にぴったりですよーってね」

「やめてー！　値上げは困るー！」

　ユキヒロと美音の会話に、馨が悲鳴を上げた。切羽詰まった声を笑いながらビールを注ごうとした幹人は、すでに缶が空っぽになっていることに気付いた。すかさず美音が声をかけてくる。

「幹人さん、ビールのあとはお酒でしたよね？　なにかお好みの銘柄はありますか？」

「いや……実はあんまりわからないんだ。ビーフカツに合いそうな日本酒ってある？」

「いろいろありますけど、今日のおすすめは『純米酒　山田太鼓』です」

「どこの酒？」

「こちらは高知県香美市土佐山田町にある松尾酒造さんのお酒です」

「へえ、土佐山田町……それで『山田太鼓』？」

「私も名前の由来までは知らないんですが、おそらくそうだと思います」

「さては、今日の『ぼったくり』は高知デーだな？　スジアオノリも高知、『山田太鼓』も高知。もうちょっと先の時季なら、目の前にはビーフカツじゃなくて土佐の戻り鰹があったんじゃねえか？　しかも土佐ポン酢とか添えてさ」

「うわーシンゾウさん、相変わらず鋭ーい！」

「俺の目は節穴じゃねえ、ってことで、俺にもその『山田太鼓』をくれよ」

そこで美音がにやりと笑った。

「どうした、美音坊？」

「いえ……シンゾウさんの様子を見てたらつい嬉しくて……。シンゾウさんが呑んだことのないお酒もあるんだなーって」

「呑んだことがないって、なんでわかる？」

「だって、知ってるお酒ならもっといろいろおっしゃるでしょ？　このお酒が酒米『松山三井』を六十パーセントまで削り込んで造るとか、物部川の伏流水を使っているとか……ほどよい酸味で揚げ物の後味をすっきりさせてくれるとか……」

「それぐらい、ちゃんと知ってる。松尾酒造が百三十年以上続いている蔵だってことも」

「でも、シンゾウさんは呑んだことのないお酒について、知識だけを垂れ流すなんてことはしません。自分の舌で評判どおりかどうか確かめてから、ですよね？」

「そのとおり。ただ、惜しむらくは、これまで呑む機会に恵まれなかった。あーもう、負けた気しかしねえ！」

「はーい、そこまで！　勝ち負けなんてどっちでもいいじゃん。ビーフカツは冷めちゃうし、お酒は温くなっちゃうよ」

幹人とシンゾウに酒を注ぎ終わった馨が、さっさと食べてと促す。

慌てて幹人が、枡の中に立てられたグラスを持ち上げると、たっぷり注ぎ溢された酒が底からしたたり落ちた。カウンターやズボンを汚すわけにはいかない、と枡も持ち上げ、そっと口を付けると、どこかで嗅いだことがある香りが鼻の奥にすーっと届いた。

「おー香りがいいなあ。いい感じに熟れたメロンみたいだ」

シンゾウも歓声を上げる。美音が自慢げに答えた。

「でしょう? 香りはもちろん、喉越しも抜群。すっきりして呑み飽きず、揚げ物だけじゃなく、焼き物にも煮物にもぴったり」

「まったくだ」

その後しばらく、揚げ立てのビーフカツと酒を楽しむ時間が続いた。

皿もグラスも空になりかけたころ、ミチヤが思い出したように言った。

「そういやユキヒロ、リカちゃんはそろそろなんじゃねえの?」

「ええまあ、もうすぐ出産予定日……ってか、明日」

ユキヒロは困ったように頭の後ろを掻いている。ぎょっとしたのは幹人のほうだった。

「なんで言ってくれないんだよ！　ユキちゃん、帰ったほうがいいよ！」

それでもユキヒロは腰を上げようとしない。

赤ん坊の出産予定日なんてあってないようなものだ。しかも、明日だなんて、いつ生まれてもおかしくない……と絶句する幹人に、ユキヒロは笑って言う。

「大丈夫だよ。今日も検診に行ってきたけど、まだ生まれそうにないってさ。それに、ちゃんとリカの了解は取ってる。むしろ『ぼったくり』なら安心、って言ってくれた」

『加藤精肉店』は目と鼻の先、急に産気づいたとしても駆け戻ることができる。美音や馨なら事情もわかっているし、料理や酒を放り出して帰ったとしても責めたりしない。なにより、子どもが生まれたらもっともっと忙しくなって、幼なじみとゆっくり話す暇なんてなくなるかもしれない。今のうちに会っておくほうがいい、とリカは言ってくれたそうだ。

「そっか……あ、もしかしてそれでノンアル？」

「まあね」

産気づいたら病院に連れていかなければならない。運転は父か母、あるいはタクシーを使うこともできるが、酒臭い息で病院に行くわけにはいかない。我が子、しかも初めての子の誕生なのだ。

ユキヒロ自身も、しっかりと見届けたい、と考えているのだろう。

「そうかあ……ユキちゃんも親父さんか……」

「俺も年を取ったもんだ」

「同い年なんだけど」

「ありゃ？」

そうだったな、とユキヒロは大笑いしている。すぐに、ヒロシとミチヤの声が聞こえてくる。

「にしても、リカちゃんはいい女房だなあ……」

「ほんとだよ。うちにもあんないい嫁さんが来てくれたら、将来安泰なんだがなあ……」

「加藤さんとこだけじゃなくて、『豆腐の戸田（とだ）』も元気で働き者の嫁さんだし、孫も生まれた。羨（うらや）ましい限りだぜ」

ふたりとも息子がいて、しかも店を継ぐつもりでいると聞いた。親としては、あとはよき伴侶を、と思うのが当然なのかもしれない。

――この商店街の人たちは、どうしてこうも当たり前みたいに家を継ぐんだろう。まあ、俺だって医者にはなるんだから、親のあとを継ぐって言えなくもないけど……

黙って考え込んだ幹人が気になったのか、ユキヒロが声をかけてきた。

「どうした、みっちゃん？　うちのことなら大丈夫だよ」

「あ、うん、それはわかってる。ただちょっと気になって……」

「なにが？」

「ユキちゃんは、いつ頃から親父さんの店を継ごうと思ってたの？」

「え……？　いつ頃からって……ずっと前からだよ」

「なんの疑いもなく？　子どものころからずっとほかの道は考えなかったの？」

「一瞬、プロテニスプレイヤーになろうかと思ったことはあったけど、俺ぐらいじゃプロなんてお呼びじゃなかった。で、潔く諦めて、あとは肉屋の跡取り一直線」

「ユキちゃんって、なんでそこまできっぱりしてるのかな……結婚も仕事も」

「単純なんだよ。それと、環境かな……」

「環境？」

　怪訝な顔をする幹人に、ユキヒロはかなり真面目な顔で説明した。

「全国的にシャッター街一直線のところが多い中、この商店街はどこもびっくりするぐらいうまくいってる。土地柄がいいというか、客層がいいというか……とにかく不安がないんだ。滅茶苦茶金持ちにはなれないかもしれないけど、普通には暮らしていける。こう見えて、俺ってけっこう喧嘩っ早いんだ。気に入らないことがあったら取引先でも上司でも平気で楯突くだろうし、会社勤めをして首になったり、会社が潰れる心配をするぐらいなら、店を継いだほうがいい」

「喧嘩っ早い……そうだっけ？」

子どものころから今に至るまで、ユキヒロのことをそんなふうに思ったことはなかった。むしろ、部活でずっとリーダー的な位置づけで、仲間の調整役を務めていたような記憶しかない。

だが、本人はともかく、周りもそうは思っていないらしく、シンゾウが笑いを堪えながら言う。

「実はそうなんだよなあ……。俺もユキヒロはおとなしい男だと思ってたんだが、『豆腐の戸田』の一件があってから、ちょっと考えを変えたな」

「奥さんが戸田のショウコさんに虐められたとき、ユキちゃんが怒鳴り込んだんだよね」

「馨ちゃん、勘弁して……俺もあれはちょっとやりすぎだったと思ってるんだからさ」

「そんなことないよー。あのユキちゃんが！　ってちょっとした武勇伝になってるんだから」

「そうそう、女房のために戦う旦那、ってんで、みんなして拍手喝采」

馨とシンゾウの両方から褒められ、ユキヒロは照れくさそうに笑う。はにかんだ笑顔の中に、自分の妻を守れた誇りのようなものが窺えた。

「どこの子も、たとえ一旦外に出ていったとしても、みんなここに戻ってくる。それだけここがいい町だって証だ。ま、俺のところは例外だがな」

ちょっと寂しそうにシンゾウが言う。そういえば、シンゾウの娘のモモコは、シンゾウと同じく薬剤師になったものの、病院の息子と結婚して夫婦揃って親の病院の薬局に勤めている。おそらく、この町に戻ってシンゾウの薬局を継ぐことはないだろう。

カウンターの向こうから、美音が慰め口調で言う。

「モモコさんだって、この町に戻りたかったんだと思いますよ。学生時代は、私が『山敷薬局』を継ぐんだ、って言ってましたもの。でも、その考えを変えたくなるほど素敵な旦那さんに出会った。それはそれで幸せなことだと思います」

「だな……俺もそう思ったから嫁に出した。うちのことなんざ気にすることねえ、ってな」

「あの……」

　そこで思わず幹人は口を挟んだ。シンゾウには息子もいるが、薬剤師にはなっていない。もしも娘が継がないのであれば、『山敷薬局』はどうなるのだろう。それが気になってならなかった。

「どうした、みっちゃん？」

「これ、ちょっと失礼かもしれないんですけど……」

「いいよ。訊きたいことはなんでも訊いてくれ」

「シンゾウさんが引退されたあと、『山敷薬局』は誰かに譲ったりするんですか？」

「ああ、それか。そうさなあ……どうするかなあ……」

　シンゾウは視線を天井近くに向け、かなり大きなため息をついた。

　しばらく沈黙が続いたあと、シンゾウが幹人に向き直った。

「ぶっちゃけ、うちの薬局をどうするか、俺はまだ決めかねてる。俺だってこの年だ。いつまでやれるかわからねえ。早く決めなきゃなあ、と思っちゃいるんだが、なかなか……」

「そうですか……」

「だがなぁ……みっちゃん……」

そこでシンゾウが、ひとり言みたいに呟く。

「医者と薬局は似てるようで違う。特にうちみたいな調剤をやらない薬局とは、全然違う気がするんだよ」

「病院と薬局は全然違う、ってどういう意味だ？　どっちも近場にあってほしい場所ってのに違いはないじゃないか」

ミチヤがじれったそうに訊ねた。シンゾウはまたしばらく幹人を見ていたあと、意を決したように口を開いた。

「売薬なんざ、買い置きもできる。インターネットで買える薬もあるだろう。でも医者は違う。特に年寄りは、なにかあったときに駆け込める医者がないと困り果てちまう」

「そういう意味か。それなら、この町は太田先生がいてくれるから大丈夫だな」

ほっとするミチヤに、ヒロシも大きく頷く。

「うんうん。ここらの連中はみーんな、昔っから太田医院にお世話になってる。いつどんな病気や怪我をしてきたかもカルテにちゃんと残ってるから、若先生が代替わりしたあとだって、それを踏まえて診てもらえてる。これ以上の安心はねえよ」

「そういや、この間もタミさんが命拾いしたって言ってたな」

「そうだった、そうだった。タミさん、肩が痛いのが治らないって、シンゾウさんとこに湿布を買いに行ったんだってな」

　そこでシンゾウが苦笑いしながら答えた。

「ああ。ウメさんが、こないだシンゾウさんとこで買った湿布がよく効いた、って言ってたから、同じのをくれ、って……。そこに、たまたま若先生が通りかかって、これは整形外科の話じゃねえ、ってんでそのままでかい病院行き」

「もしかして……心筋梗塞？」

「お、さすがだなみっちゃん。そのとおり、発作寸前だったんだってさ。太田先生は普段からタミさんを診てるからな。あの年なのに肩やら腰やらが痛いなんて言ったことなかったし、まめに検査してたから、ピンときたんだろう。その場で歯は痛くないか、とも確かめてたな」

「ああ放散痛……心筋梗塞の前触れで、奥歯が痛むこともありますね」

「そうなんだ。タミさんは、もともと歯が弱いから痛むのはそのせいだと思い込んでたみたいだけど、太田先生、顔色を変えちまって、とにかくすぐに大きな病院に行け、なんなら救急車呼ぶぞ、の勢い。あとで聞いたら最近、心電図に乱れが出てきてて、血液検査もいまひとつ。そろそろ本格的な検査をすすめなきゃ、と思ってたところだったんだってさ。速攻で太田医院に戻ってカルテをひっつかんで、タミさんの後を追っかけたとさ」

「さすがは太田先生！」

とにかくよかった、とヒロシとミチヤは褒め称える。シンゾウが改めて幹人に言う。

「そんなこんなで、タミさんは命拾いした。タミさんはひとりで店をやってる。客の合間にひとりきりで倒れたら、大変なことになってた。それもこれも、普段から見てもらってる医者が近くにいてくれたから。先生のほうも気軽に声をかけてくれてるからこそ、なんだ」

「なるほど、医者と薬屋は違うってそういう意味か……」

ユキヒロも大いに納得した様子で、幹人の肩をパンと叩く。

「太田先生の次は、みっちゃんが俺たちを助けてくれるんだな。頼むぞ、みっちゃん！」

「……えっと……」

「もしかして迷ってるのか？　いや、迷ってるんじゃねえな……もう太田先生の跡は取らねえって決めかけてる」

違うか？　とシンゾウに訊（たず）ねられ、幹人は返す言葉もなかった。

「え⁉　そっか……。じゃあ、みっちゃんはこの町には戻ってこないってことか……」

ユキヒロの肩がわずかに下がった気がした。だが、ただそれだけだ。ここで理由を問い質（ただ）したり、無理に説得しようとしたりしないところが、ユキヒロのいいところだ。だからこそ、長年の友情が続いているのだが、驚いたことにシンゾウも、幹人の考えを覆させようとはしなかった。

「まあ、それもひとつの判断だ。みっちゃんにはみっちゃんの考えがある」

シンゾウの言葉に、ミチヤも頷く。

「うん。俺のところもヒロシのところも、わりとすんなり跡を取るって決めたようだが、だからといってみっちゃんもそうしなきゃならんって決まりはねえ。医者になるって決めてから今まで、いろんなことを考えた上でのことだろ？　それならそれでいいさ。な、ヒロシ？」

「ああ。むしろ悪かったよ。当たり前みたいに、みっちゃんが戻ってくる前提の話をしちまって。そりゃあ、俺たちとしては寂しいし、太田先生たちはもっと寂しいだろうけど、だからってみっちゃんが決めたことにどうこう言えるもんじゃねえ」

「で、でも！」

あまりにもすんなり受け入れられ、幹人はつい大きな声を出してしまった。

「おいおい、みっちゃん。なにをそんなにうろたえてるんだよ。まさか、町中の人間がよってたかって『太田医院の跡を継げ！』って詰め寄るとでも思ったのか？」

「いえ……でも……やっぱり、俺が継がなかったら困るんだろうなって……」

「あー……」

　シンゾウが天井を仰いだ。ついさっき、薬屋と医者は違うと力説したことを思い出したのだろう。

「すまん。うちには目下跡取りがいない状態だけど、それでもなんとかなるって言いたくて、つい太田医院を引き合いに出しちまった。そんな話を聞かされたら、みっちゃんだって考え込むよな」

「だけど、通い慣れてて、自分の身体のことをよく知ってる医者が近くにいないと困るのは確かじゃないですか……」

「そのためにカルテってものがあるんだ。若先生――みっちゃんの親父さんが太田医院に入ったとき、先代の大先生が書いたカルテを片っ端から読んだそうだよ。とりわけ近所の人間のやつをな。診療を終えてくたくただろうに、飯だけ食って診察室に戻ってさ……」

「うんうん、あのころの太田医院は、いつまでも電気がついてた」

てっきり夜間診療でも始めたのかと思った、とヒロシも笑う。そしてシンゾウは、結論づけるように言った。

「病院がなくなっちまうのは困る。だが、太田医院は設備が整ったいい病院だ。患者数だってけっこうなものだ。その上、先生夫婦は滅法人柄がいい。あの先生のとこなら、って働きに来てくれる若い医者はいないでもないだろう」

「そうだな。病院の子じゃねえ、かといって大病院は肌に合わないし、開業資金もねえって若い医者にとっちゃ、絶好の勤め先だ。求人を出したら、そこそこ集まると思う」

「あ、そういえば！」

そこで口を開いたのは馨だ。なにごとかとみんなが注目する中、馨はヒロシの言葉を裏付けるような情報を開示した。

「あたしの高校時代の友だちがお医者さんになったんだけど、地元のクリニックに就職したよ。最初は大きな病院に入ろうと思ってたらしいんだけど、馴染めそうにないって。そこも跡取りさんのいないクリニックで、けっこうな倍率だったたって聞いたわ」

「だろ？　こう言っちゃあなんだが、世知辛い世の中だ。跡取り狙いはいくらでもいる。太田先生ならちゃんとした人を選んでくれるさ。だから、みっちゃんは安心して自分の道を進めばいい」

「跡取り狙い……」

そこで幹人は、自分が大きな思い違いをしていたことに気付いた。

両親と話したとき、父は幹人の考えを否定しなかった。父の達観したような様子に、幹人は、父は自分の代で太田医院を終わりにする気だと思い込んだ。

だが、今の話を聞く限り、太田医院で働きたいと考える医者がいないわけではないらしい。それどころか、殺到する可能性すらある。父がその気になれば、太田医院はこれからも続いていくのだ。

「じゃあ……俺がたまに帰ってきたとき、うちで別の医者が働いてるってこと？」

「太田先生がその気になれば、って話だよ。もしかしてみっちゃん、それがいやなの？」

ユキヒロの問いに、幹人は絶句する。なぜなら、今の自分はいやだとしか答えられないし、そんな考えは勝手すぎることもわかっていたからだ。

ユキヒロは、呆然とする幹人を困ったように見ている。シンゾウたちもなにも言わない。

そんな中、ただひとり声をかけてきたのは美音だった。

「幹人さんは、太田医院のどこがいやなの？」

「いやって……」

「いやなことがあるから継ぎたくないんでしょ？」

それはなに？　と問う美音を、幹人は無言で見返す。美音の優しい眼差しは、どんな甘えた自分勝手な考えも受け入れてくれそうな気がして、幹人は思わず口を開いた。

「よくわからないんです。最初は、親父がほとんど休みなしで働いてるのを見て、ああはなりたくないって思ってたんです。旅行も行けず、好きな酒もろくに呑めず、学会や研究会に出ることすらできない。でも、親父はそうしたくてしてるみたいだし、いやなら別のやり方もあるはずです。それでもやっぱり、大きな病院に勤めたいって気持ちが消えないんです。もしかしたら俺、町医者より大病院のほうが上だって思ってるのかも……」

「正直ねえ……」

　クスリと笑って美音はさらに問う。

「幹人さんは、どうして大病院は町のクリニックより上だって思うの？」

「重篤な患者が多いし、その分、知識も技術も必要とされます。病院の中で勉強会とかもやって、日々研鑽してる。医師免許を取ったって、中身はまだまだで、勉強しなきゃいけないことは山ほどあります。あーそうか、だからこそ俺は、切磋琢磨できる大病院に行きたいのかも……」

「偉いですね、幹人さんは。まだまだ勉強しなきゃならないことがあるってわかってるし、もっともっと勉強したいんですね」

「ちょっと待ってくれ」

それまで俯いて酒を啜っていたシンゾウが、そこで顔を上げた。

「それって太田医院ではできないことなのか？　俺が見る限り、太田先生はその大病院の先輩方と同じぐらい学び甲斐のある先達だと思うぞ」

学び甲斐のある先達——幹人は、これまで父をそんなふうに捉えたことはなかった。それどころか、祖父の代からの町医者で、診ているのはもっぱら風邪や生活習慣病、あとはちょっとした怪我とか捻挫、神経痛といった整形外科分野ぐらい……となれば、やはり最先端医療を学べる大病院とは違う、と考えていたのである。いや、今ですら同じことを思っている。どれだけ地域の助けとなっていようが、医学の進歩とは別の立ち位置にいる、と……

だが、幹人のそんな考えを、シンゾウはきっぱり否定した。

「大病院が、そんなふうに最先端医療の研究に励めるのは、町医者のおかげだ。そんなふうに、考えたことあるか？」

「え……？」

「町医者が診ている風邪やら神経痛やらが押し寄せたら、大病院はどうなる？　てんやわんやで難しい病気にじっくり取り組む暇なんぞなくなっちまう。設備が整った病院でしか扱えない患者に対応できなくなったらどうするんだ」

「重篤な患者は先に診れば……」

「重篤かどうかは診てみないとわからない。先に診るかどうかも決められない」

「それは……」

　黙って聞いていた馨が、そこで思い出したように呟いた。

「あー、そういやウメさんが言ってたわ。近頃大きな病院って、紹介状がないとダメなんだって」

「だろ？　実は前からそういった方針だったんだけど、徹底するようになったんだ。紹介状がないと特別な料金がかかったり、なかなか診察してもらえなかったり。たぶん、町医者と大病院の役割分担をはっきりさせようってことじゃねえかな。このままじゃ、助かる命も助からねえってことで」

「そっか……まずは町のお医者さんで見極めてもらおう、ってことね」

「もうひとつ言えば、役割分担は役割分担。どっちが上ってことはねえ。なあ、みっちゃん……」

シンゾウはそこで一旦言葉を切り、幹人の目を覗(のぞ)き込む。そして、大きく息を吐いて言った。

「まさかとは思うが、画期的な治療法を見つけたり、研修医を引き連れて病室巡りをする先生方に憧れてたりしてねえか？　だからこそ大病院のほうが上だなんて思っちまったんじゃ……」

「さすがにそれは……いや……そうなのかな……」

自分でもわからない。心の奥底に、そんな気持ちがないとは言い切れなかった。

迷いに迷う幹人に、シンゾウは言葉を重ねる。

「これだけは言っとく。太田先生は、ここまでならうちで大丈夫、これ以上は専門医へっていう線引きがちゃーんとできてる。必要のない患者を大病院に送ることもないし、手に負えない患者を抱え込んだりもしない。あ、手に負えないってのは……」

「わかってます。腕じゃなくて、設備と人員の問題ですよね……。大病院には専門医が揃ってるし、詳細な検査ができる機器とそれを扱える検査技師もいます」

「そういうことだ。ここが悪いってわかってれば、専門家がいるところに任せるに越したことはない。そこが太田先生はしっかりしてる。だからこそ、ここらの住人は、なにかあったら太田先生のとこに駆け込むんだ」

「駆け込まなくても、この間のタミさんみたいに、通りすがりに診てくれたりもするしね！」

　馨が、まるで自分のことのように得意げに言った。ヒロシもしみじみ言う。

「医者にどっちが上ってことはない、ってシンさんは言うけど、俺はあると思うよ。でもって、特上は患者から信頼されてる医者だ。そういう意味で、太田先生はピカイチ。どこの大病院の院長にも負けやしねえよ。なあ、シンさん？」

「俺もそう思う。太田先生はものすごく信頼されてるし、それは先代の大先生から引き継いだものだ。太田医院ってのは代々そういう病院なんだ。みっちゃんも大病院と同じぐらい得るものがあると思う。それに、近頃じゃ太田先生もちゃんと学会とやらに出てるよ」

「え……？　だってそんな暇……」

「パソコンだよ。今はＷＥＢ開催される学会があるんだってさ。わざわざ出かけなくても参加できるし、最新知識も技術情報も全部ネットから手に入るって言ってたよ」

「父さん、そんなことやってたんだ……」

「昔から勉強熱心だったよ、あの先生は。山ほど本を買って、昼休みだって新聞を読んでるだろ？」

「新聞ぐらい誰でも……ていうか、朝読めばいいのに……」

「朝も読んでるさ。でも、昼も読む。たぶん夜も……なんでかわかるか？」

そして、シンゾウは父が繰り返し新聞を読む理由を説明してくれた。

診察している間に、患者に新聞記事について質問されることがある。診療に関わることなら答えられるけれど、教育とか自然とか経済まで網羅はしていない。

それでも、患者は訊ねてくる。おそらく、医者はなんでも知っているとでも思っているからだろう、とシンゾウは言う。

「『わかりません』で済ませりゃいいのに、太田先生はちゃんと新聞記事を読み直す。患者が興味を持った記事がどんなものだったかを確かめて、わからんことは調べて、患者の質問に答えてくれるんだ」

「そういや、診(み)てもらったときに『前に訊かれた話だけど』って持ち出されたことがあったな。世間話みたいなもんだから、こっちはすっかり忘れてた。俺が下らねえこと訊いたばっかりに、暇を取らせて申し訳ねえ、って平謝りしたら、『おかげで勉強になったよ』って笑ってくれてさ……」

「それが太田先生なんだ。信頼されるのも当然。たとえみっちゃんが戻らなくても、太田先生のとこに勤めたい医者はいくらでもいるだろうし、あの先生なら次にどんな医者が来てもしっかり仕込んでくれる。みっちゃんは気にせず、好きな道を行けばいい。ってことで、俺はこれで」

じゃあな、と手を上げ、シンゾウは帰っていった。

ヒロシとミチヤ、そしてユキヒロが心配そうに幹人を見る。

正直、町の人たちが父に寄せる信頼がここまで篤いとは思っていなかった。

自信のなさと最先端医療への憧れから、大病院に勤めたいと考えたけれど、医者として一番大事なのは患者の信頼を得ること、というヒロシの言葉は間違っていない気がする。大病院にだって、患者に信頼される医師はたくさんいるに違いないけれど、自分の父が折り紙付きの医師だというのに、わざわざほかで勤める意味があるのだろうか……

黙り込む幹人に、ミチヤが言う。

「あんまり考え込むなよ。いろいろ言ったけど、みっちゃんに好きな道を進んでほしいって気持ちは嘘じゃねえ。ただ……やっぱりシンさんもショックだったんだと思う」

「ショックって？」

ヒロシに訊かれたミチヤは、ちょっと遠い目で答えた。

「ここだけの話だけど、シンさんは、みっちゃんが子どものころからずっと心配してたんだ。あの子は将来どうするつもりだろうなあって」

シンゾウは、息子こそ薬学部に入らなかったけれど、娘のモモコは子どものころから薬剤師を目指して勉強に励んでいた。

一方、幹人は中学でも高校でもテニスとゲーム三昧(ざんまい)。母の亮子は、シンゾウの妻のサヨに会うたびに、モモちゃんが羨(うらや)ましい、うちの子はまったく勉強しない、と嘆いていたという。

「たぶん亮子さんはみっちゃんにも医者になってほしかったんだと思う。もっと言えば、太田医院の跡を取ってほしかったんだろう。でも太田先生は、面と向かってそんなことを言う人じゃねえ。そりゃあやきもきしてたもんさ。シンさんはサヨさんからその話を聞いてたから、やっぱり心配だったんだろう」

「そういやそうだったな……。みっちゃんが医学部に入ったって聞いて、シンさんもサヨさんも大喜びしてた。これで太田医院も安泰だ、って俺たちも嬉しかった」

「あのさー！」

いきなりユキヒロの声がした。

滅多に聞かない苛立(いらだ)った声に、みんなが一斉にユキヒロを見る。苛立ちは声だけではなく、表情にも表れている。そしてその苛立ちの相手は、ヒロシとミチヤだった。

「ヒロシさんも、ミチヤさんもひでえよ。なんでそんな話、みっちゃんに聞かせるんだ。いくら、みっちゃんの好きな道を行けばいいとか言われても、それじゃあ気が引けちまうだろ」

「すまねえ……。考えてみりゃ、みんなが勝手に思い込んで、勝手にショックを受けただけのことだ。みっちゃんにはかかわりのねえ話だよな……」

「当たり前だよ。だからこそ、シンゾウさんは帰った。たぶんこれ以上いたら、みっちゃんに余計なこと言っちゃいそうだった

んだろ。ヒロシさんたちだって、それぐらいのことわかってると思ったよ！」

謝るヒロシに、ユキヒロは追い打ちをかけるように言う。よほど腹が立ったのだろう。けれど、幹人にしてみれば、自分の気持ち云々以上に、ユキヒロとヒロシたちの関係が悪くなることのほうが問題だった。

「いいんだ、ユキちゃん……みんなが俺や親父たちのことを心配してくれてるのはわかってる。がっかりさせたことも……本当に申し訳ないと思ってる」

「ほらみろ。これじゃあみっちゃん、この町が嫌いになっちまうよ！　よそに勤めて、今よりもっともっと忙しくなったら、帰ってくる時間なんてろくに取れない。その上、帰ってもうるさいことばっかり言われるとなったら、寄りつかなくなっちまうだろ！　太田先生夫婦がどれぐらい寂しいか……俺だって……」

なにかを堪えるように下を向いていたあと、ユキヒロは幹人をまっすぐ見て言った。

「誰がなんと言おうと、俺はみっちゃんの味方だからな！」

「う、うん……ありがとう」

「みっちゃん、本当にすまなかった。そんなつもりはなかったんだ……えっと……」

ミチヤはそこで腰を上げ、ヒロシもそれに倣（なら）う。グラスも皿も空になっているので、これで帰るつもりなのだろう。

「じゃあな、みっちゃん。顔を見られてよかった。また、帰ってこいよ」

「ありがとうございます、ヒロシさん。ミチヤさんもまた……」

「おう」

ヒロシとミチヤが挨拶を済ませて帰っていった。ふと見ると、ユキヒロもなんだか落ち着かない様子になっている。幹人は、小さく笑ってユキヒロに言った。

「ユキちゃんもそろそろ行きなよ」

「え、でも……」

「リカさんが気になるんだろ？」

「……うん。親父たちがいるとはいっても、やっぱりさ」

「当然だよ。いい奥さんなんだから、大事にしないと」

出産のときの周囲の対応は、あとあとまで記憶に残る。今後の夫婦仲のためにも、甘えすぎちゃだめだ、と言う幹人に、ユキヒロはほっとしたように言った。

「だよな。あいつはもともと口数が少ないし、なんでも我慢しちゃう癖がある。よく考えたら、陣痛とか来ててもぎりぎりまで辛抱しちゃいそうだなって思って……」

「うん。いくら検診でまだ大丈夫って言われてても、破水することもあるし、できるだけ側にいてあげたほうがいい」

「わかった。じゃ、お言葉に甘えて……」

こうしてユキヒロは帰っていった。カウンターにひとり残った幹人は、思いにふける。

幼稚園で、家に帰りたくて大泣きしていた幹人をユキヒロが慰めてくれたこと、小学校の遠足でふたりして拾った棒を振り回して叱られたこと、中学校のとき、部活に熱中するあまり宿題が終わらず、夏休みの最終日に写させてくれと泣きつかれたこと……すべてが昨日のことのように思い出された。

――親の店を継ぐって決めて、結婚して、今度は親になる。ユキヒロは、一歩一歩着実に階段を上がってる。それに引き替え俺は、自分の勤め先すらちゃんと決められず、親にも周りにも心配ばっかりかけてる。心配どころか、失望まで……。ずいぶん置いていかれちゃったなあ……

「そんなに大きなため息をつかないで」

顔を上げると、美音が微笑んでいた。どうやら、知らず知らずのうちにため息をついていたらしい。美音はカウンターから身を乗り出すように、空になったグラスや皿を集めながら訊ねる。

「幹人さん、お腹、空いてない？」

「そういえば少し」

「冷たい麺でもいかが？　お蕎麦、うどん、素麺……冷やし中華もできますよ」

「じゃあ、素麺……」

「OK。薬味たっぷりのぶっかけにしましょう」

野菜も食べられるしね、と言ったあと、美音は大葉や茗荷、カイワレ大根などを刻む傍ら、小さなフライパンに油を多めに流し入れる。投入されたのは乱切りにした茄子だった。

「お茄子は嫌いじゃないですよね？」

「むしろ大好物」

「よかった。薬味ばっかりだとあっさりしすぎちゃうから……。あ、馨、素麺お願い」

「りょうかーい！」

一番に美音が火にかけた鍋が、ぐらぐらと沸いている。素麺は茹で時間が短いから、茄子から先に調理を始めたのだろう。案の定、薬味と揚げ茄子が仕上がるのと、素麺が茹で上がるのがほぼ同時、幹人の前に茹で立て揚げ立てのぶっかけ薬味素麺が置かれた。早速食べてみると、夏の香り満載の薬味に麺ツユがほどよく絡む。麺はツルツルシコシコで茹で具合は抜群、時折歯に触れる揚げ茄子の柔らかさに和む……言うことなしの素麺だった。

「ご馳走様でした」

すっかり平らげて一礼した幹人に、馨が驚いたように言った。

「みっちゃん、食べるのものすごく速いね！　前に亮子さんが、うちの幹人は食べるのが遅いって言ってたのに」

「子どものころは遅かったな。でもそれ、おふくろが『よく噛め』ってうるさかったからだよ」

しっかり噛めば時間がかかるのは当たり前だ、と笑ってみたものの、驚かれるほど食べるのが速くなっているとは思わなかった。おそらく、受験期に引き続き、大学に入ってからもあれこれ忙しくて食事にかける時間を惜しんだせいだろう。

「そういえば、太田先生もけっこう食べるの速くなかった？　やっぱり忙しいからかな」

「ゆっくり食べたほうがいいのはわかってるけど、急患とか入って残すぐらいなら、大急ぎでも全部食ったほうがいい……って思っちゃうんだよ」

「はあ……やっぱり大変なんだねえ……」

お疲れさまです、と馨が頭を下げた。

「もう慣れちゃったけど、医者の不養生って言葉のとおりみたいな気がする」

諦め口調になった幹人に、美音が声をかけてきた。

「身体にだけは気をつけて。あと……『選ばなかった道』に憧れ続ける人生にはしないでね」

「それってどういう……」

「結論を出すのはもっとあとでいいんじゃないかしら」

「でも、研修はもうすぐ終わるし、みんなこの町に戻ってる。やっぱり俺もそうしたほうが……」

「一旦どこかにお勤めして、そのあとこの町に戻ることはできない？　大きな病院でしか身につけられないこともあるんじゃないですか？」

「そりゃある……いや、ほんとにあるのかな……。正直、ちょっとわからなくなってきた。親父はずっとここで頑張ってきた、新しい知識や技術について学ぶ気持ちだって、ぜんぜん失ってない。これからも、自分なりのやり方で成長していくんだろうなって思うと……」

「でも、実際に幹人さんは迷ってますよね。それが答えなんじゃないですか？」

どれほどみんなから、医師としての父の素晴らしさを聞かされても、太田医院を継ぐと決められない。やはり大きな病院に行きたいという思いを消しきれない。幹人にとって大きな病院というのは、それほど魅力的な研鑽の場なのだろう、と美音は言うのだ。馨は馨で言う。

「みっちゃんは頭がいいから、説明のつかないことって許せないのかもしれないけど、あたしは『なんとなく』って感覚、大事だと思うよ。理由はわかんないけど『なんとなく』こっちのほうがいい気がする、って選んだものが大正解ってあるじゃん」

「っていうか、馨はそっちのほうが断然多いよね」

「お姉ちゃん、それって、あたしが考えなしに生きてるってこと？」

「褒めてるのよ。天性の勘がお見事ってこと」

褒めてるように聞こえない、と馨は首を垂れる。けれど、馨の言うことはあながち間違っていない気がする。さらに美音が言う。

「まっすぐ戻ってくれれば、太田先生はもちろん、私たちもすごく安心するでしょう。でも、みんなの安心のために考えを曲げる必要なんてありません。太田先生はまだまだお元気だし、いったん大きな病院にお勤めして、戻る気になったら戻る、でいいんじゃないかしら」

「そうそう。今選んだ答えを結論にしなきゃならないって決まりはないもんね」

「幹人さんが、大きな病院でしか身につかないようなノウハウを持って戻ってきてくれたら、太田医院は最強よ。でも……」

「戻るか戻らないかはあなた次第！」

「そういうこと。太田医院にまっすぐ戻ったものの、やっぱり大きいところに行けばよかったって思い続けるのは辛いわ。それぐらいなら、まずは大きなところへ！」

「それって問題の先送りってだけじゃ……」

心配そうに言う幹人に、美音はきっぱり言い切った。

「先送り上等。人生は長いんですもの」

「でも、親父たちには……」

「大病院で武者修行してから戻る、とでも言っておけばいいでしょう」

「それで戻らなかったら、嘘になるだろ」

「みっちゃんは本当に真面目だね。それは嘘じゃなくて、気が変わっただけ。よくあることだよ」

カラカラと笑う馨に、幹人は腰から力が抜けそうになる。

確かに、自分は結論を急ぎすぎていたのかもしれない。決められないことは先送り、あるいは今出した答えを結論にする必要はない、という考え方に、目から鱗(うろこ)が落ちたような気がした。

「そっか……それでいいのか……」

「いいの、いいの。普段から難しいことばっかり考えてるんだから、たまには気楽にならなきゃ！」

馨にぱーんと背中を叩かれたのを最後に、幹人は立ち上がった。

「いろいろありがとう。帰ったら、親父たちに話をしてみるよ」

「また帰ってきたら顔を見せてね」

「必ず」

「日時未定のご予約、承りました！」

馨の明るい声に送られ、幹人は『ぼったくり』を出る。時計を確かめると、すでに午後十一時を過ぎていた。店に着いたのは八時過ぎだったから、三時間近くいたことになる。

――この町で過ごす時間は、いつだって短く感じる。楽しいと時が過ぎるのが速いっていうから、俺はやっぱりこの町が好きなんだろう。ここに戻ってきたくないわけじゃない。『今は』戻りたくないだけ。外でやりたいことをやり終えたら……

あと五年、いや十年ぐらいかかるかもしれない。だが、いつかきっと自分はこの町に戻ってくる。

今よりずっと頭頂部の風通しがよくなった父と、白髪が増えた母、そして自分。三人がいる診察室を思い浮かべつつ、幹人は太田医院への道を急いだ。

海苔（のり）の保存方法

炊き立てのご飯を海苔でくるんでぱくり――磯の香りと醤油独特の香ばしさが口の中でまじり合い、日本人ならではの幸せに浸れる瞬間です。とはいえ、それもあのパリッとした食感があってこそ、湿った海苔では魅力が半減してしまいます。海苔に限らず使い残しの乾物は、まずラップフィルムで包み、さらにファスナー付きのビニール袋に入れて冷凍庫で保管しましょう。スペースに余裕がなければ冷蔵庫でもかまいませんが、近頃の冷蔵庫には、野菜の水分を保つために加湿機能が付けられているものがありますのでご注意を……

アサヒ生ビール　通称「マルエフ」

アサヒビール株式会社

〒130-8602
東京都墨田区吾妻橋 1-23-1
TEL：0120-011-121
（月～金 9:00 ～ 17:00［祝日・年末年始の休業日を除く］）
URL：https://www.asahibeer.co.jp/

純米酒　山田太鼓

松尾酒造株式会社

〒782-0032
高知県香美市土佐山田町西本町 5-1-1
TEL：0887-53-2273
FAX：0887-53-3990

栗ご飯

モンブランケーキ

水餃子のかき玉スープ

秋刀魚の塩焼き

馨の結婚

残暑が厳しいと思ったのもつかの間、秋ならではの心地よさを堪能する前に初冬の冷え込みがやってきた。天気予報によると、まだ十月にもならないのに、十一月末の気温らしい。おまけに明日は、今日に比べて最低気温が六度も上がるとのこと……

ここまで気温が乱高下（らんこうげ）すると、いくら若くても身体がついていかない。もうちょっとなんとかならないものか、と馨が思っていると、呼び鈴が鳴った。

「はーい！」

元気よく返事をして、玄関に向かう。ドアの向こうにいたのは、婚約者の哲（てつ）だった。

「おはよ。もう出かけられる？」

「ごめん。洗い物を済ませちゃいたいから、ちょっとだけ待っててくれる？」

「もちろん。なんなら俺が洗おうか？」

「そこまでは頼めないよ。あたしが使ったんだから、あたしが洗う」

「俺が洗っている間に準備をしたほうが早く出かけられる……あ、もう支度は済んでるのか」

「そのとおり。洗い物は後回しにして出かけようと思ったんだけど、やっぱり気になって」

答えながら馨はエプロンのひもを結ぶ。家でエプロンを使うのは珍しいけれど、外出の支度をしたあとだけに、水や洗剤を飛ばしたくはなかった。大急ぎで食器を洗う馨に、哲が声をかけてくる。

「そんなに急がなくても大丈夫だよ。まだ時間はあるし」

「途中でなにかあったら大変。事故で電車が止まったり遅れたりするかもしれないし」

「とかなんとか言っちゃって、本当はただ早く行きたいだけだろ？」

「当たり前だよ。ずいぶん前から楽しみにしてたんだもん。遅刻なんて論外。ただでさえ、あたしのせいでなかなか予約が取れなかったのに……」

「馨のせいじゃないよ」

「哲君は土曜日だってお休みでしょ？　日曜日にしか予約が取れないのは、あたしが休めないせいだよ」

「関係ないって。そもそも、俺たちが見たいところが日曜日しかやってなかったんだから。火曜とか水曜もあったけど、俺が休めなかったし。責任云々を言い出したらどっちもどっちだよ」

「そっか……そうかもね！」

　その声と同時に洗い物が終わった。馨は、出窓のところに置いてある小さな鏡を覗き込み、軽く頷いてエプロンを外す。

　この鏡は、振り向かなくても子どもたちの様子が見られるように、と母が置いたものだが、母が亡くなったあとは姉が、そして今は、馨自身が顔色や化粧の具合を確かめるために使っている。

ずいぶん古びて、端っこには錆まで浮いているが、新しいものに変える気にはならない。姉が家を出たあとは、この鏡がふたりの代わりに見守ってくれているような気がしていた。

「お待たせ！　じゃあ行こっか！」

「ＯＫ」

ここから駅までは歩いて二十分ほどかかるが、ふたりならその道のりも楽しい。なにより、今から向かうのはブライダル展だ。いよいよ結婚式に向けての準備が始まると思うと、足取りが軽くなる。

「すごいよねー、ブライダル展って。ただ建物を見るだけじゃなくて、ドレスの試着やお料理の試食もできるんだもんね。しかも無料！」

「ただでデートできるようなもんだよ。あ、でも、ブライダル展に行って喧嘩になるカップルもいるみたいだから、気をつけよう」

「大丈夫だよ、あたしたちは」

そんな話をしながら駅に向かう。九月最後の日曜日、楽しい一日の始まりだ。気をつけようとは言ったけれど、それは軽口みたいなもの、その時点で、まさか本当に喧嘩になるなんて、馨はまったく思っていなかった。

ブライダル展が終わったあと、ふたりは休憩がてら式場近くのファミリーレストランに入った。

お腹は空いていないということで飲み物だけ頼み、もらってきた資料を取り出しながら哲が言う。

「会場はさっきのところでいい？　ほかも見てみる？」

「あたしはあそこがいいな。見に行く前にふたりで絞り込んだわけだし。哲君はほかがいい？」

「いや。俺もあそこがいいと思う。じゃあ……」

そこで哲は、山ほど重なったパンフレットの中から、貸衣装に関するものを選び出した。

「まずは衣装だな。お色直しはするとして……」

「お色直しなんてしなくていいよー。そもそも、貸衣装代高すぎ！」

「えーでも、白無垢も打ち掛けもドレスも、すごく似合ってた。式場の人だって、こんなになんでも着こなせる新婦さんはいないって、びっくりしてたじゃないか」

「あんなのセールストークだよ。ひとつでもたくさん借りてもらおうって魂胆に決まってる」

「でも、馨だってひとつに決めかねてただろ？　お色直しをしたら少なくともふたつは……」

「大丈夫、ちゃんとひとつに決める。お色直しをするとお金はもちろん、時間だってかかるし、その間席を離れるのもいやなんだよ」

「そんなの結婚式なら当たり前だよ。なにも三回も四回も着替えろって言ってるわけじゃない。来てくれる人は、馨の着物姿もドレス姿も両方見たいと思うよ」

「あたしの友だちはそんなこと気にしない……あ……哲君のほうか。あんまり質素な式だと友だちとか会社の人に笑われちゃうとか……」

そこで馨は、大きく息を吐いた。自分と違って、哲は会社関係の人も呼ばざるを得ない。哲には哲なりの面目があるのだろう。だが、そんな馨の言葉に、哲は憤然と返した。

「俺の職場の人や友だちだってそんなこと気にしないよ。ただ、一生に一度のことじゃないか。思い出に残るような立派な式にしたいんだよ」

「立派じゃなくても思い出に残るよ。お姉ちゃんなんて、三回もお色直しをしたせいで、ゆっくり要さんを眺める暇もなかったし、お料理だってろくに食べられなかったって嘆いてたよ」

そう伝えるが、なおも哲は言う。

「二回とは言わないよ。でも一回ぐらいは……」

「……わかった。じゃあ、色打ち掛けと、ブルーのカクテルドレスにする」

「馨が気に入ってたのは、白無垢とワインレッドのドレスだったと思うんだけど」

白無垢と色打ち掛け、ドレスを二枚着てみた中で、細かく手の込んだ刺繍が施された白無垢が一番気に入ったことは確かだ。ドレスにしても、深いブルーはそれ自体とても美しいと思ったが、断然赤系のほうが自分らしい。なにより、ブルーは美音が着た色でもある。どうせなら違う色で……と思う気持ちも大きかったが、それを哲に見透かされるとは思いもしなかった。

「……なんでそんなに鋭いのよ」

「何年付き合ってると思ってんだよ」

「そっか……。でも、あの白無垢、とんでもない値段だったじゃない。ドレスにしたって、ブルーのほうが少し安かったし」

「そんなの気にすんなよ。それぐらいの金はあるから」

学生時代から付き合い続け、社会人になるころには結婚を意識していた。だからこそ、無駄遣いせず貯蓄に励んだし、実家住まいを続けたのもそのためだ。ひとり暮らしの気儘さに惹かれたこともあったが、両親は喫茶店を営んでいるため、早朝から夜遅くまで家にいない。ひとり暮らしのようなものだ、と割り切って、実家に住み続けたのだ、と哲は語った。

「人によっては、いつまでも親に甘えて、なんて思っていたのかもしれないけど、生活費は入れてたし、早く帰れた日は家事も手伝った。年末年始で仕事が休みのときは、店の手伝いまでしていたんだから、うるさく言われる筋合いじゃないよな」

「うん。哲君、すごく頑張ってたもんね」

「生活費を入れたとしても、ひとり暮らしにかかる金とは段違い。ちょっとずつ貯蓄は増えてった。それに、馨だってちゃんと貯めてたじゃないか」

「あー、あたしは使う暇がなかっただけ。連休とかほとんどないから、旅行もできないし」

「ってことで、普通かそれよりちょっと豪華、程度の結婚式なら、ふたりの金で挙げることができる。馨は気に入った衣装を選べばいいよ」

哲はそう言ってくれるが、やはり馨は首を横に振った。

「やっぱり、色打ち掛けとブルーにする。たった一日、しかも何時間かしか着ないのに、もったいなさすぎるよ」

「それを言い出したら、結婚式自体の意味が崩壊しちゃうだろ。すごい衣装を着て大騒ぎしなくても、結婚を祝ってもらうことぐらいできる、とか……」

「あーそれ、お姉ちゃんがすごく言ってたなあ……。お姉ちゃん、相手が要さんじゃなかったら、結婚式自体パスしたかも」

美音がお色直しの回数だけでなく、あのとんでもなく広い会場を受け入れたのは、要の立場を考えてのことだ。さもなければ、地味婚を通り越して結婚式自体をやらないという選択をしたかもしれない。そうすれば、準備に時間を取られることもない、と美音なら言いそうだ。

「美音さんたちはさておき、今は俺たちの結婚式、でもって馨の衣装の話。俺はあの白無垢とワインレッドのドレスの組み合わせがいいと思う」

「あたしは色打ち掛けとブルーのドレスでいいよ」

「その『でいいよ』がいやなんだ。結婚式の主役は花嫁なんだから、衣装は妥協しちゃだめだろ」

「もったいないって言ってるじゃん！　主役が花嫁だって言うなら、主役の言うことを聞いてよ！　それに会場だって、あんなに広くなくていいよ。お姉ちゃんみたいに町中の人を呼ぶ必要なんてないんだから！」

「いやいやいや……美音さんがみんなに祝ってもらったんだから、馨だって同じようにしないと」

「だーかーらー！　どうして同じようにしなきゃなんないのよ！　お姉ちゃんはお姉ちゃんだし、あたしはあたしじゃない！　第一……」

そこで馨は言葉を切り、少し考えたあと続けた。

「あたしがあの式場がいいと思ったのは、お料理や演出が素敵だったこともあるけど、なによりお客さんが少ない式用のこぢんまりした部屋があったから。あたしは、哲君みたいに結婚式にお金をかける気はないから」

「馨……」

「ごめん。これ以上一緒にいると喧嘩になりそうだから、今日は帰る」

そして馨は、テーブルの上に広げていたパンフレットをバッグに突っ込んで立ち上がる。結婚式そのものをやめるつもりはない。ただ、今は少し頭を冷やす時間が欲しかった。

――もう！　なんであんなにこだわるの？　普通は衣装だの料理だの引き出物だのに凝りまくって、費用を爆上げするのって女のほうじゃない。あたしがいいって言うんだから、それでいいのに！

これまで付き合ってきた中で、哲を派手な人だと思ったことはない。趣味らしい趣味と言えば、学生時代から続けている野球ぐらいだが、それも会社のチームで月に一度か二度活動するぐらいでお金なんてほとんどかからない。財布の紐が固いところも哲の魅力のひとつだと思っていたのに、ここにきて謎の大盤振る舞いを始めようとしている……

馨には、今の哲の気持ちがさっぱり理解できなかった。

少し歩いて地下鉄の駅に着いた馨は、時計を見てまたため息をつく。

まだ午後三時を過ぎたばかりなのだ。このまま家に帰っても、ひとりで悶々とするだけ……それぐらいなら、と馨はスマホを取り出した。連絡用のSNSアプリを起動し、文字を入力する。

相手は『不携帯電話』と名高い姉である。返信が来るのにどれぐらいかかるだろう、と心配になったが、ものの数秒で通知音が鳴った。画面には『どうしたの？』という文字が表示されている。

すぐに『今、電話して大丈夫？』と送る。

美音は文字入力があまり速くない。何度もやりとりするよりは、通話のほうがいい。話せる状況ならあちらからかけてくれるはず、という予想どおり、今度は着信音が鳴り響いた。

改札から離れ、人の邪魔にならなそうな場所に移動しつつ通話開始キーを押した。

「ごめん、お姉ちゃん。今ってなにしてる？」

「今？　買い物から帰ってきて、お茶を飲んでるところよ」

「お義兄さんは？」

「もちろんいるわよ」

気持ちがさらに落ち込む。本音を言えば、要の留守を期待していたのだ。日曜日は休みだとわかっているが、たまに遠方への出張で日曜の午後遅くに出かけることがある。今日がそんな日であることを祈って連絡してみたのだが、どうやらそううまくはいかないらしい。

姉と要も、馨たち同様日曜日しかゆっくりできない。それがわかっていて、邪魔をする気にはなれなかった。

「そっか。じゃあ、いいや」

「いいやって……」

そこで美音は少しの間黙った。これはちょっと……と思ったとたん、命令口調が響いてきた。

「お夕飯、うちで食べなさい」

「え……でも……」

「いいから。アナウンスが聞こえるから、駅にいるのね。用事は済んだの？」

「済んだ」

この言葉は、正確に言えば嘘になるのかもしれない。本来なら哲と、夜まで結婚式について相談するつもりだった。けれど、途中で席を立ってきた以上、『済んだ』としか言いようがなかった。

ブライダル展に行くことは、美音にも告げてあった。なおかつ、この時間にこんな連絡してくるのだから、なにかあったことぐらい察しているだろう。美音の有無を言わさぬ調子は続く。

「じゃあ、そのままうちに来て」

「だって……」

「今日は栗ご飯なの。さっさと来て栗の皮を剥(む)くのを手伝って」

「了解！」

反射的に返事をしてしまった。

栗ご飯は大好物だ。だが、栗を剥くのはとても大変なので、ひとりになってからまったく食べていない。姉が作るというのなら、ご馳走にならない手はない。しかも手伝えと言われれば、大手を振っていける。いつもながら周到な姉に頭が下がる思いだった。

「ありがと、お姉ちゃん」

「こっちこそ。栗をたくさん買いすぎてちょっと途方に暮れてたの。気をつけてきてね」

それを最後に、通話は終わった。

とりあえずよかった、とばかりに、馨は改札に向かう。姉の気配りと栗ご飯の組み合わせに、やさぐれていた気持ちが少しだけ和んだ気がした。

「うわあ……これはまた買い込んだねえ……」

栗の量を確かめて、馨は驚きの声を上げた。

剥きやすいように、とのことで軽く茹でた栗は、大鍋に半分ほどもある。ふたりで暮らしていたころに栗ご飯を作ったときの倍、もしかしたら三倍ぐらいあるかもしれない。これでは頑張り屋の姉が『手伝って！』と言い出すのも無理はなかった。

「栗ご飯は、お義母さんもお好きなのよ。だからたくさん作ってお届けするつもりだったんだけど、さすがに多すぎたわ……」

「へえ、八重さんも……。じゃあ、気合いが入るのも当たり前か。それにしても、立派な栗だね」

大粒かつ、ぷっくりと丸い。栗の毬にはたいてい二つか三つ実が入っているが、真ん中の実は膨らみづらいのか、ぺちゃんこになっていることが多い。だが、目の前にある栗はどれもお隣のことなど気にせず育ちまくったらしく、絵に描きたくなるほど見事な姿だった。

「これだけあれば、モンブランケーキも作れる？」

「あー……やっぱり言い出したかあ……」

美音が痛恨のエラーを犯したような顔になる。

栗ご飯以上に、モンブランケーキは馨の大好物だ。毎年秋が来るたびに、姉にねだって作ってもらっていた。大量の栗を見たとたん、馨の頭に浮かんだのはお手製のスポンジの上にたっぷり絞り出された純度百パーセントのマロンクリームだった。

尻尾でも振りそうな馨に、美音は諦めたように言う。

「ひとりでこれを剥くのかーと思ってたところにあんたから電話が来て、ヘルプを頼んだまではよかったけど、すぐに気付いたの。これは、栗ご飯だけで済まないなあーって」

「だって秋だよ！　しかも、こんなにいい栗が、こんなにたくさん！　ねえ、お姉ちゃーん……」

「わかった、わかった！　ただし、栗ご飯の用意をしてからね。生クリームも買いに行かなきゃならないし」

「いらっしゃい、馨さん。ごめんね、ちょっと片付けちゃいたいことがあって……」

そこにやってきたのは要だった。姿が見えないと思っていたら、三階で仕事をしていたらしい。おそらく話し声を聞きつけて、挨拶しに来てくれたのだろう。

「お邪魔してます。あたしこそすみません、せっかくのお休みに乱入しちゃって」

「いやいや、栗ご飯の手伝いに来てくれたんだろ？　俺も一緒にやるって言ったんだけど『今、馨を呼びましたから』って押し切られちゃって……」

「お義兄さん、栗の皮なんて剥いたことあるんですか？」

「ないよ。でも、やってやれないことはないだろ？」

「できないことはないと思いますけど、慣れてないと大変ですし、時間もかかります」

「そんなことを言ってたら、なにも覚えられないじゃないか」

ちょっと不満そうに要が答える。正論だが、この量を初心者に指導しながら剥くのは大変すぎる。その上、栗の皮を剥くというのはけっこう危険を伴う作業だ。大事な夫に怪我でもされたら……と美音は気が気じゃなかったに違いない。

美音が取り繕うように言う。

「だって要さん、明日の朝一番で必要な書類があるっておっしゃってたし……」

「ああ、それならお仕事優先です。大丈夫、栗の季節はもうちょっと続きますし、秋は毎年来ます。栗の皮剥きトライは次回ってことで」

「そう？　じゃあ次は必ず。それと、ケーキも作るの？」

「聞こえちゃいました？　あ、でもケーキはすぐには無理です。甘露煮にして潰さなきゃならないし、スポンジも焼かなきゃなりません。あと、生クリームも買いに……」

「大作業だな。ああ、生クリームは俺が買ってくる。栗ご飯ができたら母さんのところに届けに行くから、帰りにスーパーに寄るよ。そうすれば今日のうちに作れるだろ？」

　確かに、日を跨いでの完成となれば、それだけ食べるのが遅くなる。

　姉のことだから『ぼったくり』に持ってきてくれるとは思うけれど、ケーキを持ち運ぶのは大変だし、なにより仕上げが姉ひとりの仕事になってしまう。今日中に作るに越したことはなかった。

「まだ四時にもなってないし、たぶん君たちは手慣れてる。俺が届けに行っている間に甘露煮とスポンジを作って、生クリームが届いたらデコレーション、ってことでどう？」

「完璧です！」

「じゃ、そういうことで」

「ごめんなさい、要さん」

るつもりなのだろう。

「なんで謝るかな。栗の皮を剥くことに比べたら、買い物ぐらいお安いご用」

またあとでね、と言い、要は階段を上がっていく。今のうちに仕事を終わらせるつもりなのだろう。

「なんかいいよね、お姉ちゃんたち。喧嘩なんて無縁そう……」

思わず漏れた言葉に、要を目で追っていた美音がぱっと振り向いた。

「そういえば、あんた、また哲君と喧嘩したの？」

「……喧嘩っていうか、まあ結婚に至る第一歩というか……」

仲睦まじいカップルの最初の大喧嘩が、結婚式についての意見の不一致というのは、実によくあることらしい。下手をするとそれで別れることもあるとか……さすがにそれはないと信じたいし、ぎりぎり喧嘩になる前に席を立ったはずだけれど、不協和音が鳴り響いたことは確かだった。

「あんまり意地を張っちゃ駄目よ。哲君ほどあんたにぴったりの人なんていないんだから」

栗の皮を剥くための専用ハサミを渡しつつ、美音が窘める。

確かに、あのファミリーレストランでお茶を飲むまではそう思っていた。けれど今現在、馨の中で、本当はそうではなかったのでは？　という疑いが頭をもたげていた。

「なんかさ……価値観が違うかもって思い始めちゃって……」

「それって大問題じゃない。なにがあったの？」

茹でたことで少しだけ柔らかくなった栗の皮にハサミを入れながら、馨はファミリーレストランでの出来事を話す。聞き終えるなり美音が言う。

「普通は、花嫁さんのほうが衣装にこだわるものだけど……」

「よく言うよ。お姉ちゃんだって、さんざん安いのでいいって言い張ったくせに」

「だから、普通は、って言ってるでしょ。私はちょっと別枠っていうか、ほっといたら要さん、どこまでお金をかけちゃうかわからなかったし……」

「あー……お義兄さん、滅茶苦茶張り切ってたし、お姉ちゃんが一番きれいに見えるようなドレスを特注するとか、言い出したかも……。まあ、そんな時間はなかったけどね」

「時間がなくて御の字よ。それはともかく、哲君は馨の花嫁姿を楽しみにしてるんじゃない？　あんた絶対、きれいになるし」

「あたしはもともときれいなんだから、わざわざ飾り立てなくていいの。そんなことにお金をかけるぐらいなら、ほかに使い道があるでしょ」

「そういう意味か……。でもそれ、哲君に言った？」

ただ、もったいない、だけでは通じないかもしれない。『これに使いたい』とはっきり示せば、哲も考えてくれたのでは、と姉は言う。ある意味正論だが、現状、その『これに使いたい』の対象がはっきりしない。なんとなくもったいない、衣装……いや、結婚式に膨大な費用をかけるのは違う、ただそれだけだった。

「哲君は佐島建設の御曹司ってわけじゃないんだから、お金なんてそんなに簡単に貯まらないよ。あたしだって同じ。この先、なにがあるかわからないんだから、備えておきたいじゃん」

「それだと、要さんが会社のお金を勝手に使ってるみたいに聞こえるじゃない。要さんだって、一生懸命働いてもらったお給料を貯めてたのよ！」

「あ、うん……ごめん」

憤慨している姉にとりあえず謝ったものの、心の中では、要と哲は違うと思わずにいられなかった。哲だってちゃんとした会社に勤めてはいるけれど、佐島建設から見たら下請けの下請けだ。根本的な給与体系も、福利厚生も段違いだろう。しかも、後ろ盾に佐島建設というのはあらゆる意味で安心だ。美音も含めてあの一族は、万が一に怯える暮らしとは無縁としか思えなかった。

「どっちにしても、家に帰ったら哲君に連絡を入れて、ちゃんと話しなさい」

「……う……ん」

途切れ途切れになった返事が、そのまま馨の気持ちの表れだった。

ふたりでせっせと励んだおかげか、思ったより短い時間で栗の皮を剥き終わった。

炊飯器の釜に米と栗を入れる美音を眺めていた馨は、ふと時間が気になった。壁にかかっている時計を見ると、ちょうど午後五時になるところだ。栗ご飯が炊けるまで小一時間はかかるし、それから八重に届けに行って、買い物して帰ってくるとなると、七時、いや八時近くになってしまう。

さすがにそれは……と思ったとき、美音の声が聞こえた。

「炊き立てならもっといいんだけど……」

「え？」

訊き返した馨に、美音は慌てて言った。

「ごめん、聞こえちゃった？」

「そりゃ聞こえるよ。あたしって、けっこう地獄耳だよ。お客さんが言ってること とか、絶対聞き逃さないもん」

「注文だけなら問題ないけど、プライベートなお話にまで聞き耳立てちゃ駄目よ」

「はいはい。それで、炊き立てならってどういうこと？」

「うん。お義母さんに届けに行ってもらおうと思ったけど、このやり方だと誰ひとり炊き立てにありつけないなあ、と思って」

「……ほんとだ」

できてすぐに持っていくにしても、八重の家に着くころには炊き立てではなくなってしまう。運ぶのは要だから、当然要も一時間以上保温したものになる。美音が要を待たずに食べるはずがないから、美音も馨もお預けだ。かといって、こちらが食べ終わってから届けることも難しい。せっかくの休日だから、晩酌だってしたいに決まっているし、呑めば運転はできない。美音は料理人だけに、作った料理が一番美味しい状態で食べてもらえないというのは重大な問題なのだろう。

「せっかくの栗ご飯なのに……」

心底残念そうな美音を見ていた馨は、そこではっとした。

「あ、なんだ、簡単じゃない。今すぐ要さんに出かけてもらえばいいんだよ」

「今すぐって……ご飯はまだ炊き始めてもいないのに？」

「ご飯を届けるんじゃなくて、八重さんを連れてきてもらえば？　そうしたら、みんな炊き立てを食べられるじゃない。あたしたちが頑張れば、デザートにモンブランケーキだっていける」

「そうね！　こっちでご飯を食べて、泊まっていっていただけばいいのよね！　どうして気がつかなかったのかしら！」

言うなり、美音は階段を駆け上がっていく。きっと要に訊ねに行ったのだろう。炊飯器のセットは？　と思ったけれど、よく考えたら八重の都合だってある。八重が来てくれるようなら、到着時刻に合わせてセットすればいい。

どっちにしてもケーキの準備だ、と馨は腕まくりをする。まずは小麦粉を計って、あとは卵とバターを常温に……と思っていると、階段を下りる足音が聞こえてきた。姉と要だ。

「ねえ、馨。あんたはお義母さんが一緒でもかまわないわよね？」

「は？」

あたしが言い出したことなのに、なにを今更……と思っていると、要が心配そうに訊ねてくる。

「栗の皮を剥く手伝いとか言ってたけど、本当は美音になにか相談があって来たんじゃない？　おふくろを呼んじゃうとゆっくり話せなくなるんじゃないかと思ってさ」

「そんな心配いりませんよー。それにお姉ちゃんとの話はもう終わったようなもの、というか、もともと相談してどうなることでもないし。それに……」

　そこで馨はわざとらしく姉夫婦の顔を交互に見て言った。

「八重さん、ここに泊まられたことあるんですか？」

「何度か来てくれたけど、大抵すぐに帰っちゃうな」

「でしょ？　きっと八重さん、お邪魔しちゃ悪いと思ってるんですよ……っていうより、糖分多すぎの万年新婚夫婦に辟易（へきえき）して逃げ出しちゃってるのかも」

「言うなあ……」

　苦笑いしつつも、要は否定しない。薄々自覚もあったのだろう。美音が申し訳なさそうに言う。

「馨ってば……。でも、私がもっと早く気付いてお誘いすればよかったのよね……」

「まあ、いいじゃない。今日はあたしってお邪魔虫がいるんだから、八重さんだって気楽でしょ。あたしも八重さんに会いたいし」

「ありがとう。そんなふうに言ってもらえると、おふくろも喜ぶよ。じゃあ、早速連絡してみる」

「あたしひとりじゃこの夫婦には太刀打ちできないんで、助っ人をお願いしますってお伝えしてください」

「うへえ……それ、おれが言うの？」

さっきより苦笑いの度合いを深めながらも、要はスマホの通話キーを押した。ワンコールで繋がり、会話が始まる。もともと栗ご飯を届けに行くことになっていたから、連絡を待っていたに違いない。

最初は遠慮していた八重も、馨の伝言を聞いて大笑い、それなら……と来てくれることになった。

「じゃあ、迎えに行ってくるよ。あと、生クリームは何パック？」

「三パックお願いします」

「動物性のだよね？　最近百八十ミリ入りが多いけど、それしかなかったらどうする？」

「それでも三パックで大丈夫です」

「了解」

クーラーバッグを持っていったほうがいいな、と呟きながら、要は台所の奥に入っていく。すぐに見つけ、ついでに冷凍庫から保冷剤も取り出す。

あまりにもスムーズな運びに、馨は驚いてしまった。

「なんかすごいね、お義兄さん……。生クリームの容量とか種類とかまでわかってるし、クーラーバッグまで用意するなんて。もっとなんか……」

「美音に任せっきりだと思ってた？」

「えーっと……まあ、そうです」

「これでも学生時代はひとりで暮らしてたからね、って言いたいところだけど、全部美音のおかげ」

「あースパルタ教育かー……こんなことできないんですか！　ってビシバシやられた？」

「失礼ね！　私はそんなことしません！」

美音の憤慨しきった声に、要が大笑いしながら弁解する。

「むしろ、おれがついて回って訊きまくった。そうでもしなけりゃ、あれもこれも『私がやります』って譲ってくれない。わかるまで訊いて、できるようになってやっとやらせてもらえる」

「はあ……大変ですね、お義兄さん」

「大変とは思わなかったよ。どっちかって言うと、達成感があって面白かった。ただ、もうちょっと信頼してくれてもいいかな、とは思うけど」

「信頼！　わあ大変、お姉ちゃん、旦那さんを信頼してないんだ」

「そうじゃなくて……」

「わかってる。君はおれを心配してくれてるだけ、ってことで、行ってくるよ」

「あ、はい……気をつけて」

少し不本意そうな美音を残し、要は玄関から出ていく。この家には車を置くようなスペースはなかったため、少し離れたところに駐車場を借りている。当然、商店街を抜けていくことになるのだが、日曜日で大抵の店が閉まっているとはいえ、あのクーラーバッグをぶら下げて平然と歩いていくとは……と感心してしまった。

「いい旦那さんだよね……」

「ほんと。私にはもったいないぐらいよ」

「お姉ちゃんたちって、お互いにそう思ってるから本当に幸せだよね」

「かもね」

うふふ……と笑って、美音は炊飯器のタイマーをセットし、栗用の鍋にどさどさと砂糖を入れる。

「お姉ちゃん、冷蔵庫開けるね！」

「どうぞ。バターは無塩のほうを使ってね。ボウルは流しの下、計りと電動ミキサーは後ろの棚」

「ＯＫ」

　姉の許しを得て、冷蔵庫から卵とバター、スポンジ作りに必要な道具類を取り出す。

　できれば、要が戻ってくるまでに栗の甘露煮（かんろに）とスポンジを完成させたい。甘露煮は冷まして漉（こ）す必要があるし、スポンジは焼けるのに三十分以上かかる上に、デコレーションをする前に少しでも時間をおきたい。本来なら一晩寝かせるところだけれど、八重にも食べてもらいたいからそうもいかない。それでも早く焼き上げれば、その分長くおくことができる。美音にしてみれば、晩ご飯が栗ご飯だけなんてもってのほか、おかずだって作りたいに決まっている。

いずれにしても、のんびりしている時間はなかった。

出かけてから一時間半後、要は八重を連れて帰ってきた。

生クリーム三パックにしてはクーラーバッグが重そうだ、と思ったら、中から冷凍食品の大袋が出てきた。小さめの餃子(ぎょうざ)の写真と『水餃子』という文字が見える。

要が冷凍食品を買ってきたところで驚くことではないが、いかんせん大きすぎる。もう少し容量が少ないものを買えばいいのに……と思っていると、八重が嬉しそうに言う。

「これ、とっても美味しいの。でも、見てのとおりすごく大きいでしょ？　しかも少量タイプはないのよ。ひとりでは食べきれないと思って諦めてたんだけど、今日なら大丈夫かなって……」

それで合点がいった。これは要でも美音でもなく、八重の買い物だったのだ。確かに大きな袋ではあるが、四人で食べれば半分ぐらいはなくなるはずだ。残りを持って帰ればちょうどいい、と八重は考えたのだろう。

「あ、でもこれ、冷凍庫に入るかしら？」

ちょっと心配そうに訊ねた八重に、美音は破顔一笑だった。

「もちろん。入らないようなら、要さんが止めてました」

「要が？」

「はい。要さんは、買い物に行く前に必ず冷蔵庫を確かめます。冷凍庫は特に」

要は出かける前に、クーラーバッグに入れる保冷剤を出していた。そういえば、最初に冷蔵庫を開けていた気もする。てっきり間違えたのだと思ったらスペースの確認だったらしい。

買ったものが冷蔵庫に収まらなくて苦労した、というのはよく聞く話だ。冷蔵庫ならまだしも、冷凍食品だったら目も当てられない。それがわかっているのは、普段からちゃんと家事に携わっている証だった。

八重が感心したように言う。

「見直したわ。美音さんにおんぶにだっこかと思ってたら、おまえもけっこう頑張ってるのね」

「ひどいな、ちゃんとやってるよ。それに、この水餃子はすごく旨いって評判だけど、扱ってるスーパーがあんまりない」

「それも知ってたのね」

「うん。輸入食材を扱う倉庫型のディスカウントストアか、ごく一部のスーパーだけ。万が一、冷凍庫が満杯だったとしても買ったに違いない」

「入らないのに？」

「その場合は、全部食い切る気だった。俺も美音も水餃子は大好物だし、留守の間に冷凍庫がふさがってた場合もね」

「よかった……入れるスペースが残ってて。危うく持ち帰れなくなるところだったわ」

「そんなことにはなりません。どうしてもの場合は、店の冷凍庫がありますから」

「そうだったわね！　美音さんがお店をやっててくれて、本当によかったわ。しかも、美音さんのおかげで要もずいぶんしっかりしたみたいだし」

八重は心底嬉しそうに言う。

「ひどいなあ、母さん。おれはもともとすごくしっかりしてるよ。家事能力だって、兄貴とは雲泥の差」

「あー……」

そこで八重は大きなため息をついた。

「比較対象が悪すぎる……って言っても、悪いのは私ですけどね。あの子――怜は学生のときも勉強で手一杯、会社に入ってからも仕事に忙しくて、そのうちなんとかしなきゃ……と思ってるうちに結婚しちゃって……」

「なーんにもできない、しようともしないまま今に至る、だよね」

「そうなのよ。結婚相手の香織さんがこれまた行き届いた人で、怜は甘えっぱなし。どうしようもないわ。その点、要は安心。もともとそれなりにはできてた上に、美音さんが仕込んでくれてるから」

「そのとおり、ってことで……」

——ピーピーピー！

絶好のタイミングで、炊飯器が炊き上がりを知らせた。

大車輪で作業を進めたおかげで、スポンジは焼き上がっているし、甘露煮も漉してある。あとは食後にぱぱっとデコレーションすれば、デザートの完成だった。

「じゃあ、水餃子だけ作っちゃいますね。馨、お料理を運んで」

「おれが運ぶよ。馨さんは座ってて」

「私が作りましょうか？」

「おふくろも座ってて。いちおうお客さんだからね。あ、馨さん、悪いけどおふくろの相手を頼むよ」

「いちおう？　しかも、悪いけどって、ずいぶんな言い様ね！」

文句を言いながらも、八重は素直にソファに向かう。おそらく、自分が座れば馨も休めるという思いと、この家の台所はふたりのものだ、という気持ちの両方からだろう。

「おーっと、これはすごいな！」

炊飯器の蓋を開けた要が、歓声を上げた。

表面には栗が敷き詰められ、ほとんど米が見えないほどだし、その栗の一粒一粒が大きくて黄金色に輝いている。さらに米は新米、ときたら、要ではなくても歓声を上げたくなる。

「そーっとまぜてくださいね」

「わかってるって。こんな立派な栗を崩しまくったら、打ち首獄門レベルだ」

「そこまでは言いませんよ。火が通ればどうしたって崩れやすくなります。でも、で

きれば大きいまま楽しんでいただきたいので」

「OK」

美音の言葉に従って、要はそっと杓文字を入れる。そこまで心配なら自分でまぜればいいし、結婚前の美音なら要に任せたりしなかっただろう。それでも今は、料理だけではなく掃除も洗濯も、極力ふたりでやるようにしているらしい。

ふたりでやればそれだけ早く終わるし、一緒にのんびりする時間が増えるという、要の考えに従った結果だそうだ。当初は、美音がひとりでやるほうがうんと早かったそうだが、先々を考えたら要の家事レベルを上げるほうがいいと判断したのだろう。

――いいなあ……お姉ちゃんたちは……。ふたりとも考え方が大人だから、意地の張り合いなんてことにはならないんだろうなあ……

別々の人間なんだから、意見の相違はあるに決まっている。それでも譲れるところは譲り、相手が、ここだけはと思うところは尊重する。さらに、その『ここだけは』を察する力も相当なものだ。おそらく日頃から相手をしっかり見ているからだろう。

哲と自分に足りないのはそういうところかもしれない、と秘かにため息をつく馨だった。

「あら、ここにも入れたのね」

目の前に置かれた汁椀を見て、八重が驚いている。汁椀とはいっても、塗り物のお椀ではなく陶器の中深皿で、澄んだスープの中にたくさんの刻み野菜と水餃子が入っていた。透明感のある薄茶色のスープだからコンソメかと思ったが、卵が溶かれているから中華ベースかもしれない。

「もしかしてお嫌いでしたか？　もちろん、普通に茹でたものもありますよ」

そう言いながら、美音は大きな鉢を持ってカウンターを回ってきた。

こちらの中身はお湯と水餃子。網杓子が突っ込まれているので、好きなだけ掬って食べるスタイルだろう。

「たぶんこれ、もともとはただの中華スープだったはず。おれが水餃子入りのスープが大好きだから、わざわざ入れてくれたんだよね？」

明らかに美音を庇う言葉に、八重が苦笑いしながら応えた。

「嫌いじゃありませんよ。この水餃子は一口タイプだからスープに入れるのには打ってつけね。私も今度から真似させていただくわ」

「そうだね。これなら野菜もたっぷり食べられる、身体も温まるし」

「おまえの口から『野菜もたっぷり食べられる』なんて言葉が出るとは思わなかったわ。これも美音さんのお仕込みね」

ありがたいこと、と拝むような仕草をしたあと、八重はテーブルの上をほれぼれと見回した。

「炊き立ての栗ご飯、水餃子、お野菜たっぷりのスープ、お刺身まで……」

「もうすぐ秋刀魚も焼けるよ。少し小振りだけど、やっぱり秋は秋刀魚を食べないと」

「秋刀魚！　そういえば今年はまだ……」

今年は、と八重は言うが、昨年だって食べたかどうか怪しいものだと思う。

ここ二、三年、秋刀魚は不漁が続き、入荷の時期も遅ければサイズもうんと小さい。その上値段は一匹四百円も五百円もする。『ぼったくり』お得意の冷凍秋刀魚も、これだけ不漁が続くと必ずしも安いとは言えないし、大きな秋刀魚が水揚げされないのだから冷凍物だって小さいのは道理だ。

八重はお金には困っていないが、贅沢屋ではない。ほかにも魚はあるし、わざわざ高い秋刀魚を買おうとは思わないかもしれない。馨自身、同じような理由で去年から一度も秋刀魚の塩焼きを口にしていなかった。

ピピピ……

そこでまた、なにかの出来上がりを知らせる音がした。あれはおそらく佐島要家ご自慢のオート料理機能付きのガスコンロだ。最上位機種の三口コンロで、魚でも肉でも突っ込んでセットすれば、あとは勝手に焼き上げてくれるグリルが付いている。ガステーブルに付いているグリルというのは、とかく存在を忘れがちで、ふと気付いたら丸焦げ……という悲劇が起こりがちだが、このコンロなら安心。短時間でいくつも料理を作るふたりにとって、強力な助っ人だった。

「焼けたわ！」

さっきの音はやはりグリルだったらしく、美音が足早に台所に戻っていく。すぐさま要も追いかけて、ふたりがかりで秋刀魚を皿に移す。どこまでも続く共同作業に、またひとつため息が漏れる。

「いいなあ……」

「でしょ？　このコンロ、最高なのよ」

「じゃなくて……お姉ちゃんたち相変わらず仲がいいなあって」

「本当よね。一緒に住まなくて大正解。毎日こんなじゃ、やってられないわ」

どうかすると文句みたいに聞こえる八重の言葉に、要は平然と言い返す。

「息子の夫婦仲を心配しなくていいんだから、ラッキーだと思ってよ。それに、万が一おれと美音が喧嘩したとしても、おふくろは問答無用で美音の味方をするだろうし」

「当たり前よ。どうせ悪いのはおまえに決まってるんだから」

「そこまで言うか……」

「おふたりとも、お話はそこまでにしてご飯にしましょう」

はい、終了！　とばかりに美音が醤油差しを八重に渡す。秋刀魚をのせた皿には大根おろしが添えられている。醤油を少し垂らして食べて、ということだろう。

「そうね、せっかくの秋刀魚が冷めてしまうわ。早速いただきましょう」

「お義母さん、お酒はどうされます？」

「今日は泊めていただくことだし、少しいただこうかしら」

「少しなんて言わずに、たっぷり呑んでよ。うちには美音のおすすめの旨い酒が揃ってるんだから。馨さんは？」

「あたしもちょっとだけ」

「了解。みんな、まずは日本酒でいい？」

「このお料理なら日本酒以外にないでしょ」

「とは、限らないよ。焼き魚に合うビールもあれば、水餃子(すいぎょうざ)に合うワインもある。でも今日は、ひやおろしがおすすめ」

「ひやおろし！　そうね、お料理が秋なんだから、お酒だって秋ならではのものがいいわね！」

八重はさも嬉しそうに、胸の前で手を叩く。日本酒に関わる仕事をしていたり、よほど興味を持っていたりしない限り『ひやおろし』という言葉は知らないだろう。そんな中、あっさり『ひやおろし』が秋の酒だと言う八重は、なかなかの酒好きに違いない。

以前、美音が『お義母さんはかなりの呑み手』と言っていたが、その言葉に嘘はないようだ。

「じゃあ……これでどうでしょう?」

そう言いながら美音が冷蔵庫から取り出したのは、深い緑の四合瓶。それを見るなり、馨はクスッと笑ってしまった。さらにラベルを確かめ、深く頷く。ラベルには『純米吟醸』の文字があった。

「この家、吟醸系が多いよね。店にはいろいろ揃えてるけど、家では断然、純米吟醸」

「そう言われればそうかも」

「原因はおれだな。もっぱら吟醸、しかも大吟醸まではいかない純米吟醸あたりがすごく好みなんだ」

「亭主の好きな赤烏帽子、ならぬ、亭主の好きな緑瓶ってところかしら。美音さん、要なんて放っておいて、自分の好きなものを召し上がっていいのよ？」

八重の気遣いたっぷりの言葉に、美音が嬉しそうに返す。

「大丈夫です。純米吟醸が好きなのは私も同じ……というか、要さんの純米吟醸好きは半分ぐらい私のせいですから」

要が『ぼったくり』に通ってくるようになってから、様々な酒をすすめてきたが、自分の好みのせいもあって純米吟醸の比率がかなり高かった。どれも美音が厳選した酒だけに、要も気に入っていつの間にかすっかり純米吟醸好きになってしまった、と姉は言う。

「よかった。それなら安心ね」

「何の心配をしてるんだよ。おれがそこまで威張りくさってるとでも？」

「……あり得ないわね。美音さんなら、おまえの手綱をしっかり握ってくれてるに違いないわ」

「馬かよ！」

軽く唇を尖らせつつも、要の目は笑っている。親子のやりとりを横目に、美音が酒瓶の封を切った。

「じゃ、お義母さん、まずは一杯。お口に合わないようなら、別のお酒をお出ししますから」

「はいはい、いただきますよ。あら……『余は満足』じゃなくて『世は満続』なの？」

「ええ。確かめたことはありませんが、自分じゃなくて世の中全体、満足がずっと続くから満続、なんじゃないかと……」

「きっとそうね。なんて素敵なお名前……どこの蔵かしら？」

八重の問いかけに、美音の酒語りが始まった。

「こちらは『世は満続 純米吟醸 ひやおろし 無濾過原酒』といって、栃木県真岡市にある辻善兵衛商店さんが造ってらっしゃるお酒です。『桜川』って銘柄で有名なんですが、その年でいちばん美味しくできたお酒を夏の間寝かせて、秋を待って出してくるのがこれなんですよ」

「満を持して、って感じね」

「はい。名前に蔵元さんの自信が表れてますよね。しかも今回手に入れた『世は満続』は、酒米が岡山県産の雄町（おまち）百パーセントなんです」

「でた！　お姉ちゃん一推しの雄町！　そりゃあ、見た瞬間買っちゃうよね！」

　馨の言葉に、美音は素直に頷（うなず）いた。

「そうなの。ああ、もう秋だわ、ひやおろしが出てくる、って調べてたんだけど、酒米のところに雄町って書いてあるのを見たとたん……」

「ものすごい勢いだったね」

　要が思い出し笑いで言う。おそらく姉の買い物をすぐそばで見ていたのだろう。それは容易に想像できたが、次の姉の言葉には驚かされた。

「だって、最初に見たときは残り八本だったのに、説明を読んでるうちにどんどん在庫が減っていくんですもの。慌てて『カゴに入れる』を押しちゃったわ」

「え……ネット通販だったの？」

「珍しいでしょ？」

「びっくり……。あ、でもその年の一番ってことは、年によって違うお酒で、使ってるお米も雄町とは限らないってこと？」

「そうなの。でも今回は雄町ってことで飛びついちゃったわ。まずは家で試してみて、お店で使う分は蔵元まで買いに行くつもりだったのよ」

そこで馨は、ははーん……とひとり合点した。

美音は車の運転ができない。免許はあるのだが、完璧なペーパードライバーで要が運転させてくれないのだ。結婚して以来、酒を買いに行くときは必ず要が同行している。おそらく美音は、店で使うと決めた酒ならまだしも、お試しのために要の手を煩（わずら）わせたくなかったのだろう。

「そんなの気にしなくていいんだけどね。でも、すごく丁寧に梱包されてたし、おれの運転でガタゴトやりながら運んでくるより、ずっといい状態だったと思うよ」

「そうね、香りもぜんぜん飛んでないし……きっとこれがこのお酒本来の持ち味なのね」

八重は、話しながら美音が酒を注いだグラスに鼻を近づけ、うっとりしている。ほどなく全員のグラスが酒で満たされた。

「じゃ、旨そうな料理を作ってくれた美音とインターネットの発達と運送業者の骨折りに乾杯！」

「お手伝いしてくださった馨さんにも！」

「来てくださったお義母さんにも！」

「お迎えと買い物をしてくれたお義兄さんにも！」

あらゆることへの感謝が詰まった乾杯のあと、待ちきれないように要がグラスを口に運んだ。

「あー……」

声にならない声が『世は満続』への評価を表していた。隣では、酒に続けて秋刀魚（さんま）を一口食べた八重が目を見張っている。

「すごくすっきりしてるのね！　辛口で秋刀魚の脂（あぶら）にぴったり……というか、大根おろしだけでも十分美味しくいただけるお酒だわ」

「大根おろしだけって……せっかく秋刀魚を譲ってやったのに……」

「要さん！」

美音が声を上げる。どうやら要は言ってはならないことを口にしたようだ。すぐに八重が突っ込む。

「譲ってってどういう意味なの？」

要は、視線を天井に向けて答えない。続けて八重にじっと見られた美音は、渋々のように答えた。

「もう……余計なことを言うから……」

「それで？」

「その秋刀魚は、昨日『魚辰』さんが、久しぶりにいいのが入ったからって届けてくれたものなんです。『ぼったくり』でもすごく人気で、ずいぶんたくさんあったのに売り切れそうになって……」

「売り切れそうって、実際に売り切れたじゃん」

『本日のおすすめ』を見た客は、ほとんど全員が歓声とともに『秋刀魚の塩焼き』

を注文した。そのせいで、閉店の一時間ほど前に品切れ、文字の上に棒線を引くことになってしまった。あとからきた客は、こんなことならもっと早く来るんだったと嘆くこと嘆くこと……『売り切れそう』という姉の言葉は、事実と異なるとしか言いようがなかった。

ところが姉は、ひどく後ろめたそうに言う。

「確かに売り切れって書いたわ。でも、本当は残してあったの。あんまりにも見事な秋刀魚だったから、どうしても……」

「あーはいはい、お義兄さんに食べてほしかった、と……」

「そうなの。最初はふたり分で二本残そうと思ったんだけど、すごくたくさんあったし、これならいいかなと思って四本。要さんは秋刀魚が大好きだし……」

「なるほどね。私たちが来なければ、二本ずつ食べられた、と……」

「急に来たのにどうしてあたしたちの分まで秋刀魚があるのかと思ってたけど、そういうことだったのか。招かざる客だったんだ、あたしたち！」

「そうじゃありませんって！　ほんとに、要さんったら！」

珍しく美音に睨まれ、要は平身低頭だった。

「ごめん！」

「私じゃなくて、お義母さんと馨に謝ってください！」

「本当に申し訳ありません！　おれが卑しすぎました！」

「馬鹿な子ねえ……でも、おかげでいいものを見せてもらったわ。美音さん、怒ると恐いのね」

「恐いですよー昔っから！　あたしが悪いことをしたときなんて、般若みたいな顔になるんです」

「あらあらそれは大変……」

ころころと八重が笑い、美音は首を垂れる。とんだとばっちりだと思っているに違いない。

それでも、美味しいものをみんなで食べる喜びを一番知っているのは姉だ。ひとり、いやふたり占めしようとした要の発言は、冗談でも許せなかったのだろう。なにより、八重同様馨も、怒るべきところでちゃんと怒る姉の姿を見られてよかったと思う。この夫婦の安泰が、姉の我慢だけに支えられているなんて悲しすぎる。とはいえ、要がこんな失態を演じることなど滅多にないのだろうけれど……

思いがけぬ夫婦の姿を見たあと、食事は和やかに進んでいった。

ひやおろしと秋刀魚の塩焼き、刺身の盛り合わせを堪能し、栗ご飯と水餃子、さらには野菜たっぷりの中華スープに舌鼓を打つ。基本的に和食寄りの献立に水餃子が闖入したことで、バランスが崩れるのではないかと不安だったが、美音はそんな心配を笑い飛ばした。

「大丈夫よ。私たちは日本人ですもの。生まれたときから、異種間格闘技みたいな食事には慣れてるでしょ？」

「異種間格闘技……」

食事を形容するときにはあまり使わない表現に八重が目を見張り、要が噴き出す。ひとしきり続いた笑い声がやんで静かになった瞬間、スマホの着信音が鳴り響いた。

「あ、あたしのだ！」

栗の皮剥きを手伝ったときに、スマホを流し台の隅に置いた。そのまま姉夫婦や八重とのおしゃべりに興じていたため、そこに置いたことすら忘れていたのだ。

慌てて取りに行って確かめると、画面には哲の名前が表示されている。通話キーをタップしたとたん、哲の心底ほっとしたような声が聞こえてきた。

「馨、無事なの⁉」

「え……？　うん……平気」

「よかった……。メッセージに全然返信くれないし、既読にすらならないから……」

「ごめん！　ちょっと取り込んでた」

「もしかして、美音さんのところにいる？」

「うん。ご飯をご馳走になってた」

「そっか。ならいいんだ。あんまり反応がないから心配になって来てみたら、家は真っ暗だし、待ってても全然帰ってこないし、どうしちゃったんだろって」

「……え、家まで来てくれたの？　マジでごめん！　ちょっと待ってて、すぐに帰るから」

「いいよ、いいよ。せっかく美音さんたちといるのに、邪魔してごめん」

「そうはいかないって！」

そのとき、美音が声をかけてきた。終わらない押し問答を見かねたのだろう。

「馨、哲君でしょ？　こっちに来てもらったら？」

この時間に馨の家に来ているなら、食事もまだではないか。秋刀魚(さんま)はないけれど、栗ご飯や刺身はあるし、なんならほかの料理も作れるから、食べに来てはどうか、と美音は言う。

ファミリーレストランで気まずく置き去りにしたあとである。ふたりきりにならずに済む上に、今日のうちに仲直りできそうな成り行きは嬉しい。だが、姉だけならともかく、ここには要も八重もいる。義兄親子を巻き込むのはさすがに……とためらっていると、要が手を出してきた。おそらく、電話を代われと言うことだろう。素直に渡すと、すぐに会話が始まった。

「こんばんは、哲君、要です。君、飯は食った？」

まだです、という声が微かに聞こえ、要は満足そうに頷(うなず)いた。

「じゃあ、すまないけどこっちに来てくれないかな？　実は今、うちのおふくろが来てるんだ。今日は泊まっていく予定だからゆっくりできる。あんまりない機会だし、できれば紹介させてほしいんだ。おれたちの結婚式のときは、顔を見ただけだろうし」

——うわあ……お義兄さん、さすがだわ。

こういうときのやりとりのうまさは、さすがは敏腕会社員といったところか。ただ、食事に誘うのではなく、ここに八重がいることの珍しさを利用して、上から目線になることもなく哲を誘っている。どうやら了解の返事があったらしく、要は満足そうに言った。

「ＯＫ。じゃ、待ってる。あ、馨さんに代わるね」

そう言うと要は、馨にスマホを返してきた。

「哲君、ごめんね。本当に大丈夫？」

「ぜんぜん。むしろありがたい。ダッシュで行くよ」

そこで通話が終わり、要はテーブルのほうに戻っていく。いっぽう美音は、なんだかやけに嬉しそうに冷蔵庫を開ける。

「哲君、いっぱい食べる人だからなにか足さないとね！」

いかなる状況でも、料理ができることが嬉しくてならない。そんな姉の姿に、馨はにっこり微笑んだ。


「ふーん……お色直しでぶつかった、と……」

間もなく哲が到着し、八重の紹介も無事に済んだ。

もともとあった料理と姉が作ったばかりの塩焼きそばを食べながら、『本日の揉め事』の中身を聞いた要は、かなり呆れた様子だった。すかさず、八重が窘める。

「そんなにつまらなそうに言うもんじゃありません。結婚式のお色直しは、女性にとってすごく大事なことなのよ。あれも着たい、これも着たいってなっちゃっても無理はないでしょう」

「あー……おふくろ、それ、たぶん違う」

哲は、お色直しについて揉めたことと、それぞれの言い分を話したけれど、どちらが馨の意見かまでは告げなかった。馨の性格を熟知している美音夫婦なら、わざわざ言わなくてもわかると思ったのだろうが、八重には通じない。八重は、結婚式の主役は女性という考えに則(のっと)り、何度もお色直しをしたがっているのは馨と判断したのだろう。

やむなく馨は、きょとんとしている八重に追加説明をした。

「お色直しっていうか、結婚式を盛大にしたいっていうのは哲君のほうなんです」

「あら……それはなんていうか……珍しい」

「珍しくはないだろ。おれだって『ハデ婚』だったし」

「そうだったわね。じゃあ、美音さんたちは姉妹揃って『レアな夫』に当たったたってことかしら」

「いや、八重さん。お姉ちゃんと要さんたちはそれでいいかもしれませんけど、ぶっちゃけ、あたしたちにはそこまでする必要がないっていうか、できないっていうか……」

あからさまに「お金がない」とは言えず、馨は精一杯言葉を濁す。だが、哲には馨の言いたいことが伝わったらしく、むきになって言う。

「できないってことはないよ！　そのためにずっと貯めてきたんだから。そりゃあ、美音さんたちほどすごい式にはできないけど、なるべく近づけたいって……」

「だから、どうしてそんなことを思うの？　あたしたちはあたしたちでいいじゃん！」

「そうはいかないよ。同じ姉妹なのに、美音さんは絢爛豪華で馨は地味婚なんて。しかも俺のせいで」

「同じ姉妹で⁉　俺のせい⁉　なんで⁉」

叫ぶように言葉を返す馨を、要は、まあまあ……と宥める。続いて哲を、なんだかものすごく優しい目で見たあと、大きく頷いて言う。

「俺にはわかるよ。同じ姉妹って意味も……。同じ家に住んで、同じ仕事をしてる。休みの日数まで同じなんだから、財布の中身も似たり寄ったり。としたら、結婚式の規模を左右するのは男の甲斐性、って思っちゃうよな」

「……そうなんです。馨はけっこうおしゃれ好きだし、今日試した衣装はどれも

すごく似合ってました。せっかくの結婚式なんだから、いろいろ着たいに決まってるのにって……」

「うんうん。でも、はっきり言って、それは君の思い込みだよね？　たぶん馨さんは、そんなの必要ない、もったいないから、って言ったんだよね？」

「そうなんです！　あたしは……」

「ごめん、馨さん、もうちょっと話させて」

勢い込んで説明しようとした馨をあっさり退け、要は哲をじっと見て言う。

「もしかして哲君は、馨さんの言う『もったいない』を本気だと思ってないのかな？」

「はい……。俺がもっと金を持ってたら、そんなことは言わなかったと……」

「だとしたら、君たちは結婚なんてしないほうがいいと思うよ」

「え……」

哲が言葉を失った。ブライダル展に行くほど結婚話が進んでいるというのに、『結婚なんてしないほうがいい』とは何事だ、だろう。馨はもちろん、美音も八重も絶句している。

それでも要は平然と続ける。

「美音もしょっちゅう『もったいない』って言うんだ。しかも全部まるごと本気の本気。これは自慢でもなんでもないんだけど、別に金に困ってるわけじゃない。おれだけじゃなく美音もね。それなのに『もったいない』って言う。おれも最初は不思議だったけど、そのうちわかってきたんだ」

「なにが、ですか？」

「不安なんだよ」

「不安……？」

「そう。ご両親が早くに亡くなられて、ずっとふたりでやってきた。しかも美音は普通の会社勤めじゃなくて居酒屋の主だ」

日本の会社勤め、しかも正社員なら収入は安定している。よほどのことがない限り、いきなり首になったりしない。首になったとしても、失業保険というものがある。すぐに食うに困ることはないはずだ。だが、居酒屋は違う。今日来てくれた客が明日も来るとは限らない。来月どころか、明日の売り上げの保証すらない、と要は言う。

「そんな状態が長く続けば、どうしたって今あるものを守る方向に行く。本当に必要なもの以外は全部『もったいない』ってことになっちゃうんだよ」

「そうだったんだ……」

馨が思わず漏らした声に、哲が唖然とした。

「それって俺の台詞……」

「ごめん。あたし、自分でも気がついてなかった。友だちと買い物に行っても、いいなあと思っても、ちょっと高いとすぐ諦めちゃう。別にお金がないってわけじゃないのに、どうしてこれが買えないのかなってずっと思ってた」

「無意識の節約っていうか、保険みたいなものだね。なにか困ったことができたとき、もっともっと欲しいものができたときのために残しておきたいって気持ち。美音も同じだよ」

「目から鱗だわ。もしかして、お姉ちゃんは自覚があった？」

「そりゃあるわよ。ずっとお財布を握ってたのは私だもの。お父さんたちはもういない。私になにかあっても、あんたがちゃんと暮らしていけるようにしなきゃ、って……」

「そっか……」

深い深いため息が漏れた。馨はもちろん、美音からも……

誰もが言葉を選べなくなっていたとき、口を開いたのは八重だった。

「美音さんも馨さんも、すごく堅実に生きてきた……それはとても立派なことだわ。でも、これからは少し別の考え方も取り入れてはどうかしら？」

「別の考え方……？」

首を傾げた馨に、八重はことさら優しい目で言った。

「もう、ご両親を亡くしたばかりのあなたたちじゃないわ。ふたりとも立派な大人でお店も順調、助け合う家族もいる。だから、もう少し自分にご褒美をあげていいと思うのよ」

そして八重は、少しだけ寂しそうな目をして言う。

「私くらいの年になると欲しいものはどんどん減っていく。減っていくっていうより、お金で買えるものに魅力を感じなくなるのね。若いころは素敵な着物や帯が欲しいとか、思ったけど……」

「でも母さん、けっこう帯や着物を買ってたよね？　今でも和箪笥にいっぱい入ってるじゃない」

「買ったのは買ったけど、どれもそれなり。もちろん悪いものじゃない。でも、本当は作家もの、一点ものの着物や帯に憧れてたのよ」

「買えばよかったじゃないか」

着物ぐらい買えただろう、とあっさり言う要は、さすがは佐島家の御曹司である。だが、そんな息子を八重は窘めるように言った。

「私の着物はおまえたちのスーツと同じよ。お父さんが元気だったときは、夫婦で出かけることも多かったから、お仕事関係の場でも恥ずかしくないように着物にしてたの。古典的な柄を選べば流行り廃りもないし、体型が変わっても融通がきくから。でも、作家ものとなると話が違う。完全に贅沢の範疇よ。さすがにそれはできなかった……」

八重の夫、つまり要の父は佐島建設の社長を務めていた。日本屈指の建設会社の社長夫人であれば、作家ものの着物でも帯でも分不相応とは思われないだろう。にもかかわらず、八重は買うことができなかった。贅沢だと思った、と言う。

馨が欲しいものの値段とは、ゼロの数から異なる話ではあるが、なんとなく気持ちはわかった。

ただ、その『なんとなく』をどう表していいのかわからずにいると、美音がぽつりと言った。

「たぶん、欲しいものと必要なものの違いですよね。私も、たとえお金があっても必要のないものには使えない、って思っちゃいます」

「そうなのよ！　私はずっとそう思ってた。でも、今になってちょっと後悔してるわ」

「後悔ですか……？」

「そう。若いころは、もっともっと我慢してた。一ピース二千円のケーキとか、四合瓶で五千円のお酒とか……。要じゃないけど『それぐらい買えるだろ』レベルのものよ。それでもケーキに変わりはない、お酒に変わりはない、ってもっと安いものにしちゃってた」

「八重さんは今もそんな感じなんですか？」

馨の問いに、八重はころころと笑って首を横に振った。

「さすがに今は、そのレベルの我慢はしなくなったわ。食べ物や飲み物なら、欲しいものは買っています。だからこそ思うのよ。若いころだったら、もっとうーんと感動できたかも、って」

年を取って食べられる量も、食べていい量も減ってきた。味覚も鈍った気がする。こんなことならもっと若いうちに食べておけばよかった、と思うことが増えた、と八重は嘆く。

「若いときの苦労は買ってでもしろ、って言うじゃない？　でも、若いときの贅沢は無理してでもしろ、って一面もあると私は思うの。もちろん、なんでもかんでもってわけにはいかないけど、子どものころの一万円と大人になってからの一万円じゃ、全然違うし」

「そっか……。子どものころなら一万円で大贅沢できたけど、大人になっちゃうと一万円ぐらいあっという間になくなっちゃうもんね……」

「でしょ？　お金を貯めるのは大事なことだけど、将来が不安で全然使えないっていうのはちょっと違う。時には欲しいものを手に入れて、自分を満足させてもいいんじゃないか、って思うのよ」

「だね。金って使わなければただの紙切れと金属の塊だし」

要の言葉に誰もが頷いた。哲が、馨を窺い見て言う。

「馨にとって、結婚式は欲しいものと必要なもののどっちなの？」

「……たぶん、両方かな。正直、花嫁衣装は着たいし、みんなにもお祝いしてほしい。でもお姉ちゃんたちほど大がかりじゃなくていいの」

「本当に？　無理してない？」

「うん、大丈夫。あそこまで大規模だと、一番後ろの席から新郎新婦がちゃんと見えなくなっちゃう。せっかくの晴れ姿なんだから、しっかり見てほしいもん！」

「だったら衣装は？　あの白無垢に未練はないの？」

「……それは正直、ちょっとだけある。でも大丈夫。あれを着なくたって、すっごくきれいになる自信はあるから」

そこで美音が噴き出した。やっぱり馨は馨だ、と笑いこける美音を尻目に、八重が言った。

「その貸衣装代は私が引き受けましょう」

「お義母さん、それは駄目です！　貸衣装代なら私が……」

「そうだよ。おれたちは馨さんの親みたいなもんなんだし」

「いいえ、俺が払います！　俺たちの結婚式なんですから！」

「だから、白無垢はいいってば！」

そこで八重が、口々に叫ぶ四人に引導を渡すように言った。

「お黙りなさい。馨さんは私の着付けの生徒です。これは愛弟子へのはなむけ、気持ちよく受け取ってちょうだい」

確かに、八重に浴衣の着付けを習ったことはある。夏が終わったあとも、復習という名目で家にお邪魔しているが、練習はちょっとだけであとはおしゃべりばかり……とてもじゃないが、着付けの生徒なんて呼べない状況だった。

けれど、八重は有無を言わさぬ様子……とうとう要が天井を仰いで言った。

「だめだ……母さんがこんなふうになったら誰にも止められない。馨さん、諦めて受け取って」

「本当にいいんですか⁉」

「ほら、すごく嬉しそうな顔！　やっぱり着たかったんでしょ？」

「……実は」

「よかった。白無垢姿の馨さんを見るのが楽しみ……って、私、ご招待いただけるのかしら？」

「当たり前じゃないですか！」

姉たちほど大規模な式ではない限り、姉の夫の母は招待の対象ではないのかもしれない。だが、馨にとって八重は友だちと母親を混ぜ合わせたような存在だし、八重が馨を愛弟子と呼ぶ以上、八重は恩師だ。呼ばない理由がなかった。

「八重さんは家族席、友人席、恩師席、どこにでも座る資格があります。どこにします？」

「あらーそれは大変、どこにしようかしら？」

ころころと笑う八重の姿に、美音も要も嬉しそうにしている。哲が八重に深々と頭を下げた。

「ありがとうございます。おかげで馨が一番気に入った衣装で結婚式を挙げられます。俺、馨にそんなところがあるなんて、全然わかってなくて」

「ごめん、哲君……」

「仕方ないよ。馨自身でもよくわかってなかったんだから。俺も言葉が足りないところもあったし」

姉たちと結婚式の規模が異なるのは、自分の甲斐性がないからだ。まったく同じとはいかないにしても、できる限りのことはしたい――その気持ちをちゃんと表していれば、こんな揉め事にはならなかった、と哲はすまなそうに言った。

「そうかも。これからは思ってることをもっとちゃんと伝え合おうね」

「了解。ただ、なんか変な感じー、だけでもな」

哲の笑顔に、頑なだった気持ちが溶けていく。要や八重まで巻き込んでの大騒ぎだったけれど、おかげで無事に結婚式が挙げられそうだ。この人たちが自分の家族になってくれて本当によかった。

哲はもちろん、哲の両親もとてもいい人たちだし、結婚すればみんな馨の家族になる。哲の兄妹が結婚すればまた家族が増えるけれど、きっと素敵な人だろう。家族がみんないい人で、まだ見ぬ家族までいい人に違いないと信じられる。そのありがたさを馨はしみじみ噛みしめていた。

魚焼きグリルのこと

ガステーブルについているグリルで焼いた魚は、外はパリッと、中はふんわり——とても美味しいものです。けれど、それがわかっていても後片付けの面倒さを考えて二の足を踏む、そんな方はたくさんいらっしゃると思います。

かく言う私もそのひとり。たいてい網の上にアルミホイルを敷いてしまいます。これでは油を落としながら焼くグリルの魅力は半減……

うーんと気力と体力がある日は（滅多にありませんが）、えいやっとばかりにアルミホイルなしの網に魚をのっけます。もちろん、焼き上がりは雲泥の差。やっぱりなあ……とは思いますが、家事、とりわけお料理は毎日のこと、すべてを完璧にこなすなんて無理。「私、美音じゃないし！」なんて言い訳しつつ、今日も私はアルミホイルを広げています。

鶏腿肉の照り焼き

鍋焼きうどん

ジャガイモと人参のきんぴら

ほうれん草の胡麻よごし

ピリ辛蒟蒻

おでん

茶飯

夫婦のあり方

新婚生活が始まってから一ヶ月半が過ぎ、暖かい土地からは梅の便りも届き始めた。

会社の昼休み、哲はスマホに保存されている結婚式の写真を眺めて、ほっと一息つく。仕事はこれまでにないほど忙しいけれど、それだけにやり甲斐もあり、充実した日々である。

あわや大喧嘩、となりそうだった結婚式は馨の希望どおり、小規模ながらも和やかで温かいものとなった。

哲の両親兄弟と日帰りで来られる親戚たち、美音夫婦、要の母である八重、新郎新婦の友人たち、そこに仲人（なこうど）を引き受けてくれた大学時代の恩師夫婦を入れても三十人に満たない人数だったものの、かねてからの狙いどおり、その結婚式場で一番小さい部屋で収まることになり、馨はものすごく満足そうだった。

これはあとから聞いた話だが、馨は大きさやかかる費用もさることながら、その部屋の造りやインテリアそのものがとても気に入っていたそうだ。さらに、その部屋に決めたあと式場から連絡があり、十二月にキャンセルが出た、少し値引きするから式を早めるつもりはないか、と訊ねられた。小さな結婚式だから準備はさほど大変ではないし、十二月に結婚すれば新年を一緒に迎えられる。値引きもありがたい、ということで、ふたりは十二月に式を挙げることにしたのである。

花嫁姿の馨はとんでもなくきれいで、参列者たちは大騒ぎ、料理などそっちのけで写真を撮りまくっていた。本当は哲だって山ほど写真を撮りたかったけれど、新郎の身ではそれもできず、スマホを構える友人たちに高砂席から「データをくれ！」と叫ぶのがやっとだった。

平然としていたのは美音夫婦ぐらいで、美音に言わせれば『馨は黙ってさえいれば極上なんだから、花嫁姿がきれいなのは当たり前』とのことだし、要は、とにかく一番は自分の妻、という人なので、『美音に比べれば……』なんて考えていたのかもしれない。

いずれにしてもあの日の馨は、有名女優やモデルにも負けないほどの輝きで、本人も『あたし優勝！』なんて自慢していた。美音は、いったいなんの大会なの？と首を傾げていたが、本人が満足ならそれでいい。少人数かつ参列者は懇意にしている人ばかりだったおかげで、無用な緊張を強いられることなく、自然な笑顔でいられたことも勝因のひとつだったに違いない。

町の人たちを招けなかったことは残念だったけれど、それについてもほどなく解決された。結婚式を挙げてすぐに、『ぼったくり』で『馨の結婚を祝う会』が催されたからだ。

町内会長のヒロシ、シンゾウとミチヤを加えた三人が発起人となって計画が進み、半ばサプライズみたいな形で呼び出された哲はもちろん、馨もかなり驚いていた。

馨が日常的に出入りする場所だけに、馨に悟られることなく準備を進めるのはさぞや大変だっただろう。とはいえ、そこは如才ない義姉のこと、町のみんなの協力を得てつつがなく進めたようだ。

そんなこんなで迎えた二月、年度末に向けて哲は休む暇もなく、『ぼったくり』で働く妻、馨も忙しい毎日を送っている。とはいえ、『ぼったくり』は相変わらずののんびり営業——来る客は拒まないけれど、派手に呼び込むこともない、といった姿勢だ。

——夫婦そろって目が回るほど忙しいなんて、しゃれにならない。馨だけでもゆとりがあってくれてよかった。あ、メッセージだ……

スマホの画面に『馨』という文字が浮かんだ。昼休みを狙って連絡してきたのだろう。

メッセージなんだから手の空いたときに連絡すればいいようなものだが、仕事に集中していたら悪いから、なんて理由であえて昼休みに連絡してくれる。自分では、お姉ちゃんに比べたらぜんぜん……なんて謙遜（けんそん）するが、哲にとってはとてもありがたい気配りだった。

『お疲れさま、今日は昨日と同じぐらいに帰れそう？』

このところちょくちょくこんなメッセージをもらう。なにせ哲は最近残業続きで、予定変更も頻繁だ。朝、家を出るときの心づもりと実際の帰宅時刻が全然違うというのが当たり前になっている。夕食のためにいったん帰宅してくる馨にとって、哲がいつ帰ってくるかというのは重要な問題、ということですぐさま返信を打つ。

『昨日より少し遅くなるかも。夕方から会議があって、ちょっと長引きそうな案件だから』

『わかった。じゃあ、会社を出るときに知らせて』

『了解』

いつもながらのやりとりを済ませ、哲はまた画面を結婚式の写真に戻す。

馨にも言ったとおり、おそらく今日も帰宅は午後八時、いや九時近くになるかもしれない。それでも、帰宅すれば馨が食事を用意して待っていてくれる。夫婦ふたりで過ごす時間は、仕事の疲れも不満も吹き飛ばす。灯りの点いた家に戻り、差し向かいで温かい食事を食べる。結婚して本当によかったと思う瞬間である。

――たぶん、今日の会議は難航するだろうな。でも、馨が待っていてくれると思うと頑張れる。なんとか早く会議を終わらせて帰らなきゃ。それには前向きかつ有効なアイデアが必要！　ってことで、午後も頑張りますか！

画面の隅に表示されている時刻は間もなく午後一時。哲はスマホを机の隅に置き、休止状態にしてあった仕事用のパソコンを起動させた。

「馨、あんたそろそろ上がりなさい」

「え……でも……」

姉の声で店の中を見回した馨は、戸惑いを隠せない。

壁にかかっている時計の針は午後七時半を指そうとしている。いつもならいったん仕事をやめて帰宅する時刻だ。以前は九時ごろまで店にいてそのまま帰っていたが、結婚してからは七時半か八時に帰宅し、十時になる前に店に戻るようになった。せめて新婚のうちだけでも一緒に夕食をとれるように、と美音が配慮してくれた結果だ。

美音は、戻ってこなくていいと言ってくれたが、さすがに申し訳なさすぎる。忙しければもちろん、そうでなくても洗い物だけでも手伝いたい。哲の帰宅に合わせて家に戻り、食事を済ませて『ぼったくり』に戻る。それが今の馨の日常だった。けれど、本日の『ぼったくり』は千客万来、息をつく暇もないほどの忙しさだ。

普段ならこの時刻には一段落、そのあとはぽつりぽつり……となるのに、今日に限って八時が近いというのに空いているのは小上がりの一席のみ……

馨が帰れば美音はひとりで注文を取り、料理を作り、客のところに運ばねばならない。さすがに、この状況で帰るのはためらわれた。

「今日はもう少しいるよ。哲君、残業で遅くなるって言ってたし……」

ところが、そんな馨の声に、美音はきっぱり言い切った。

「さっき連絡が来てたよね？　哲君、もう会社を出るんでしょ？　帰ってご飯の支度をしてあげて」

「だって……」

「お料理はほぼ出し終わってるし、今日来てくれそうなお客さんはほとんど顔を見せてくれたわ。これ以上混むことはないはず。あんた、ご飯の支度だってそんなに手早くできないんだから、さっさと帰りなさい」

「一日ぐらい、哲君ひとりでなんとかなるよ。下拵えだってしてあるし」

哲は両親が喫茶店を営んでいるので留守番が多く、子どものころから自炊に慣れている。ありあわせで食事を作ることぐらいできるはずだ。

だが、美音は頑として譲らない。

「新婚さんがなに言ってるの。それに、哲君はすっごく寂しがり屋さんじゃない。馨が帰るまで食べずに待ってるかも。そんなの、馨が一番いやでしょ？」

残業で疲れて帰ってきて、誰もいない家で食事を作って食べる哲、あるいはそれもせずにただ馨を待っている哲……その姿を思い浮かべただけで胸が痛くなりそうだ。『馨が一番いや』という姉の言葉は図星だった。

カウンター席にいた常連のウメも言う。

「美音坊がこう言ってるんだからお帰りよ。いざとなったらお運びぐらいあたしが手伝うよ」

「そんなこと！」

「そんなことさせません。それに、哲君だけじゃなくてあんたも心配だし」

「え、あたし？」

「そう。自分では気付いてないかもしれないけど、けっこう顔色悪いわよ。風邪の引き始めかもしれないから、早く帰ってしっかり食べて休みなさい」

「あー、そうだね。お化粧で気付かなかったけど、確かにいつもより青白い。さすがお姉ちゃんだ」

感心したようにウメにまで言われ、とうとう馨は諦めた。

そういえば、朝から身体がなんとなく重かった。昨日はなんやかんやで閉店まで店にいたせいで、寝るのがかなり遅くなったけれど、哲の朝食の支度のために朝も早く起きた。寝不足なのは間違いないし、そのせいかうっすら頭痛もしている。姉だけでなく、ウメにまで言われるぐらいだから顔色の悪さも相当なのだろう。

「今日はもう戻ってこなくていいからね。暖かくしてゆっくり寝るのよ！」

エプロンを外して帰ろうとしている背中に、姉の声が飛んできた。

自転車のペダルがいつもより重く感じた。スピードを上げることができないまま家に戻ると、窓から明かりが漏れている。

大慌てで中に入ると、居間のソファで哲がごろんと横になっていた。

「もう帰ってたの！　メッセージもらってすぐ出てきたのに……」

「なんか不具合があってうまく届いてなかったみたいだよ。だいぶ前に送ったんだけど、さっきやっと送信済みになった」

「そうだったんだ……案外早かったんだね」

「うん。会議もばんばん発言したおかげか、思ったより早く終わったんだ。電車の乗り継ぎも過去一うまくいったし」

「うわー、めっちゃ頑張ったんだね！　それなのに遅くなってごめんね。あ、でも、着替えないとスーツが皺になっちゃうよ」

「わかってるけど、ちょっと疲れちゃってさ」

「タイマーをセットしていったから、お風呂のお湯はもう入ってると思う。先に入っちゃってくれる？　その間にご飯の支度をするから」

「うー……わかった……」

哲は渋々のように立ち上がり、上着を脱いで風呂場に向かう。もちろん手ぶらで……

脱ぎ捨てられたスーツをハンガーに掛け、タンスから着替えを出す。いかにも『奥さん』然とした作業は、いつもなら結婚した喜びを感じさせてくれるが、いかんせん今日は身体が辛い。それでもなんとかスーツを片付け、浴室に着替えを置きに行くと、湯船に浸かった瞬間らしく「うー……」という哲の呻（うめ）き声が聞こえた。

気持ちよさそうだな、と思いつつ台所に戻り、冷蔵庫から出した鶏肉をグリルに入れる。ご飯はタイマーで炊けているし、味噌汁も作ってある。あとは野菜をなにか……と思っていると哲が風呂から上がってきた。

台所の様子を見た哲が、ちょっと不満そうに言う。

「あれ油が出てない……。唐揚げかと思ったら照り焼きなんだ」

「やっぱり唐揚げがよかったか……」

おそらく哲は帰宅して冷蔵庫の中を見たのだろう。醤油ダレに漬け込んである鶏肉を見て、今日は唐揚げだと思ったに違いない。馨だってそのつもりだった。なにせ哲は鶏の唐揚げが大好物で、何日続いても平気という人だ。けれど、今の馨には揚げ物をする気力がない。やむなく、今日は照り焼きで……とグリルに入れたのだ。

「まあ、照り焼きも悪くないけど、次は唐揚げにして」

「うん……」

哲はバスタオルで頭を拭きながら居間に戻り、ソファにどっかと腰を下ろした。おそらく食事の用意が調うまでそこで待っているつもりだろう。

哲だって、結婚してすぐのころは一緒に夕食の支度をしてくれた。料理をすることはまれだったけれど、食器を出したり、食卓で使う調味料を用意したりはしてくれた。なにもすることがなくても、馨のすることを間近で見ていてくれたのだ。

ただ、会社で部署異動があってものすごく忙しくなってからは、それもなくなった。原因は、馨自身が少しでも哲に休んでほしくて『座って待ってて』と言ったからだ。

——次は唐揚げにして、ってことは、自分で作ることはまったく考えてないんだね。まあ、自業自得か……でも、あたしだって疲れることもあるんだけどな……

納得できない思いが頭をもたげる。

結婚して二ヶ月弱、初めて感じた不満だった。

——うー……熱がある……

身体全体にほてるような感じがあるにもかかわらず、たまらなく寒い。測るまでもなく、熱があるのは明らかだった。

枕元に置いたスマホの表示時刻は午前六時五十五分、馨の気分は絶望の一言である。

一昨日(おととい)、夕食後に熱い風呂でしっかり汗をかき、風邪薬を飲んで寝た。起きてみたら体調はそう悪くなかったが、念のためにもう一度風邪薬を飲み、午前中は横になって過ごした。そのおかげか、昼ご飯の前に測った体温は三十六度二分、これなら大丈夫と信じて仕事に出かけた。

ところが、開店してしばらくしたらだんだん身体がだるくなり、午後八時が近くなるころには限界に近い状態、治ったと思い込んで昼に薬を飲まなかったことを心底後悔した。ただ単に、朝、薬を飲んだ時刻が遅く、効果が切れていなかっただけだったのだ。

その後、またしても姉に不調を見抜かれ、『そんな状態で店にいられたらお客さんに迷惑』とまで言われて追い返された。帰宅するなり測ってみた体温は三十七度四分、しかもまだまだ上がりそうな気配まであった。

その上、昼まで横になっていたせいで食事の支度をしていない。やむなくレトルト調味料を使って麻婆豆腐（マーボーどうふ）を作り、インスタントの中華スープと作り置きしてあったもやしのナムルで食卓を整えた。てきぱき動けず心配だったけれど、哲は普段より残業が長引いたらしく、帰宅までには出来上がった。そのころには薬も効き始め、後片付けまで終えることができたのは幸いだった。

ところが、さすがにもう一晩寝れば治るはず……と祈るような気持ちで床に就いたにもかかわらず、今の体調は最悪だ。寒気は止まらないし、喉は焼け付くようでろくに声が出ない。心なしか、足や腰まで痛い気がする。

でも起きなければ……と思った瞬間、アラームが鳴った。哲が手探りでスマホのアラームを止め、馨に声をかける。

「おはよー……今日も寒そう……うわっ、まずい！」

寝ぼけ眼(まなこ)だった哲が、いきなり布団をはねのけた。

いつもと同じ時刻なのに……と思っていると、すごい勢いで身支度しながら言う。

「朝一で現場に行かなきゃならないのを忘れてた！　帰るまでは、アラームをセットし直さなきゃと思ってたのに……」

「大変……今ご飯を……」

「すぐに出ないと間に合わない。途中でなんか食うからいい！」

朝一番で現場に行くということは、なにか急ぎの打ち合わせか確認事項があるのだろう。哲は半ばパニック状態で、普段の倍以上のスピードで支度を済ませ、振り返りもせずに出かけていった。なんとか見送った馨は、地獄で仏の心境だ。この具合の悪さで朝食を作るなんて、不可能だった。哲はろくに馨の顔も見ていなかったから、体調不良に気付かれることもなかったはずだ。

哲を送り出したあとは、身体を引きずるようにして居間に戻る。もはや身も心も限界、二階に戻ることすらできそうにない。とりあえず休まなければ、仕事に差し支える。風邪薬を口に突っ込み、ソファに横になった。

——うー……だめだこれ、絶対動けない。体温計の数字を見るのも恐い……

午後二時五分、馨は絶望とともにスマホの画面を見つめていた。

薬を服用していてこの有様なら、かなりひどい風邪なのだろう。今朝飲んだのは一番効き目が強いとされる風邪薬だ。

なにせ、たいていの風邪ならこれで大丈夫、とりわけ熱と喉の痛みに効くとシンゾウが太鼓判を押してくれた。常備薬として買ったけれど、どちらかというと哲がどうしても休めないときのためのものであり、普段から元気な自分が使うことになるとは思ってもみなかった。

一度だけ哲も服用したが、夜に唾を飲み込むのも辛いほどだった痛みが、朝にはすっかり取れていた。さすがシンゾウのお墨付き、とふたりして絶賛したほどなのだ。

それなのに、この熱っぽさと喉の痛みはどうしたことか。

覚悟を決めて検温してみたところ、示された数字は三十八度一分……平熱が三十六度すれすれの馨にはかなりダメージを受ける体温、しかも効果絶大の薬を飲んでなおこれなのだ。

これでは仕事には行けない。やむなく馨はスマホを操作し、美音にメッセージを送る。熱があるので休ませてほしいという連絡に、姉はすぐさま『了解』と送ってきた。

『不携帯電話』の姉にしてはとんでもなく早い返信に、心配のほどを知る。きっと馨の様子を気にしつつも、眠っていたら……と考え、自分からは連絡できずにいたのだろう。

どうしてこんなに違うの……とため息が出てしまう。哲は今も、三日にも及ぶ馨の体調不良に気付いていない。いくら忙しくても……と恨みがましい気持ちになる。

――会社勤めなんだから、年度末の忙しさは仕方がない。お義兄さんだって連日日付が変わるまで帰ってこないって聞いた。それに比べれば、遅くても午後九時には戻ってこられる哲君はまし。もうちょっと気を遣ってくれてもいいのに……

そんなことを考えては、自分が情けなくなってまたため息をつく。

なにせ哲は、結婚早々職場が変わった。手腕が認められてそれまでよりずっと忙しい部署に異動になったのだ。しかも、急に欠員が出たせいでイレギュラーな時期、なんの心構えもないままの異動である。元の職場の引き継ぎはしなければならないし、移った先の職場も混乱、馴染むだけでも大変だったのに、そのまま年度末に突入してとんでもない事態に陥っているのだ。

そんな哲に、姉のような配慮を求めるのは間違っている。これが要であれば、すぐに気付いてあれもこれも代わりにやってくれただろう、なんて思うのは自分の甘えでしかない。

夫婦は合わせ鏡、とはよく言われることだが、要のような人と結婚できるのは姉が素晴らしい人だからだ。結婚してわずか数ヶ月で、家事と仕事をうまく回せず体調を崩すような人間が、あんな夫に恵まれるわけがない。

なにより、馨に姉と同じような家事能力があれば、こんなことにはなっていなかった。

すべてはタイミングの悪さ、そして自分の能力のなさのせい……馨にはそうとしか思えない。それでも不満が消え失せるかと言えばそうではない。そこまで含めて、姉との違いに落ち込む。

つい声に出して「あーあ……」と言った瞬間、喉の痛みが増す。最強の風邪薬ですら治らない痛みに絶望感が高まる。病院に行ったほうがいいのはわかっているが、今の馨には、すぐ近所の太田医院に行くどころか、電話をかけることすら無理だ。

ここに姉がいたら、太田先生に往診を頼んでくれるに違いない。ついでに、さっさと二階に上がって寝なさい、なんて叱られるのだろう。文句を言いながらも、きっと姉は手元の鍋をくるくるとかき回している。子どものころからの万能薬、風邪引きスープがたっぷり入った鍋を……

馨は今、面倒見られる一方だったころが懐かしくてならなかった。

——なんか……いい匂いがする……

漂ってくる出汁（だし）の香りに、馨はうっすらと目を開けた。いつの間にか眠っていたらしい。

誰かが台所に立っている。見慣れたスパッツを確かめるまでもない。この家に勝手に入ってこられるのは、哲か姉のどちらかだ。哲は仕事中だから姉に決まっている。

「お姉ちゃん？」

「あ、起きた？　そんなところで寝ちゃ駄目じゃない。しかも毛布だけなんて」

とりあえず布団をかぶせておいたけど、と姉は笑う。

そういえば寒いと思いながらも動けず、震えながら寝ていたが、途中で急に暖かくなった。頭の下にもクッションが押し込まれている。少し固めのしっかりしたクッションで、十分枕の代わりになる。おかげでかなり心地よくなっていたが、すべて姉がしてくれたことなのか……

「ありがと、お姉ちゃん……わざわざ来てくれたんだ……」

「そりゃ来るわよ。鍵を返さないでおいてよかったわ」

優しい声と笑顔に、涙が出そうになる。

馨が結婚するにあたって、姉はこの家の鍵を返そうとした。これから先、ここは哲と馨の家になる。姉とはいえ、勝手に出入りされては哲が不快に思うかもしれない、と言うのだ。

けれど、ここは美音の実家でもある。両親の持ち物だってまだ置いてあるし、少しだけだが美音のものも残っている。哲もそんなことは気にしないと言ってくれたから、それまでどおり鍵を持っていてもらうことにした。

とはいえ、馨や哲が留守のときに姉が勝手に出入りすることはなかったし、在宅しているときでも呼び鈴を押して馨が出てくるのを待つ。今日は例外中の例外なのだろう。

「ご飯は食べた？」

「ううん……今日は哲君も食べずに出たから……」

「珍しいわね。いつもならしっかり食べていくのに」

「朝一で現場に行かなきゃならないのを忘れてたんだって。なんとか『いってらっしゃい』だけしたあと、ここに……」

「二階に上がる気力もなかったのね。かわいそうに……。おうどん、作ってみたんだけど、どうかしら？」

「あー……出汁の香りがすると思ったらおうどんだったか……」

「そう。お父さんの鍋焼きうどん。覚えてる？」

「もちろん。鰹と昆布の合わせ出汁で、卵とかちくわとかお麩とかたっくさん入ってるやつだよね」

「鶏肉、人参、白菜、お葱もね」

「そうそう。もはや鍋焼きうどんっていうより、うどんすき」

「温まるし、栄養もたっぷり。スープと並ぶ我が家の風邪引きさんのための二大巨頭」

食べられそう？　と訊ねられたとたん、空腹を覚えた。姉の存在と、懐かしい父の鍋焼きうどんが、ストライキ気味だった胃に活を入れてくれたのだろう。

「匂いを嗅いでたら、お腹空いてきた」

「安心した。起き上がれる？」

「大丈夫そう」

「それはよかった」

にっこり笑うと、姉は使い古された木のお椀にうどんを盛ってくれた。うどんを少し、具もそれぞれ少しずつ、そしてたっぷりの出汁……見ているだけで生唾が湧いてくる。

箸と七味を添えて姉が言う。

「七味は身体が温まるけど、喉が痛いならパスして。食べられそうならおかわりしてね」

「うん。ありがとうお姉ちゃん」

「いいのよ。おつゆはまだ残ってるし、野菜も入れてあるから麺だけ入れれば大丈夫。あんたのお夕飯はそれで済ませなさい、って……自分でできる？」

「たぶん。ちょっと元気出たし」

「そう、じゃあ麺もほぐしておくね。あと、哲君は店に来てもらって」

「え……？」

「あんたはいいけど、哲君はおうどんって

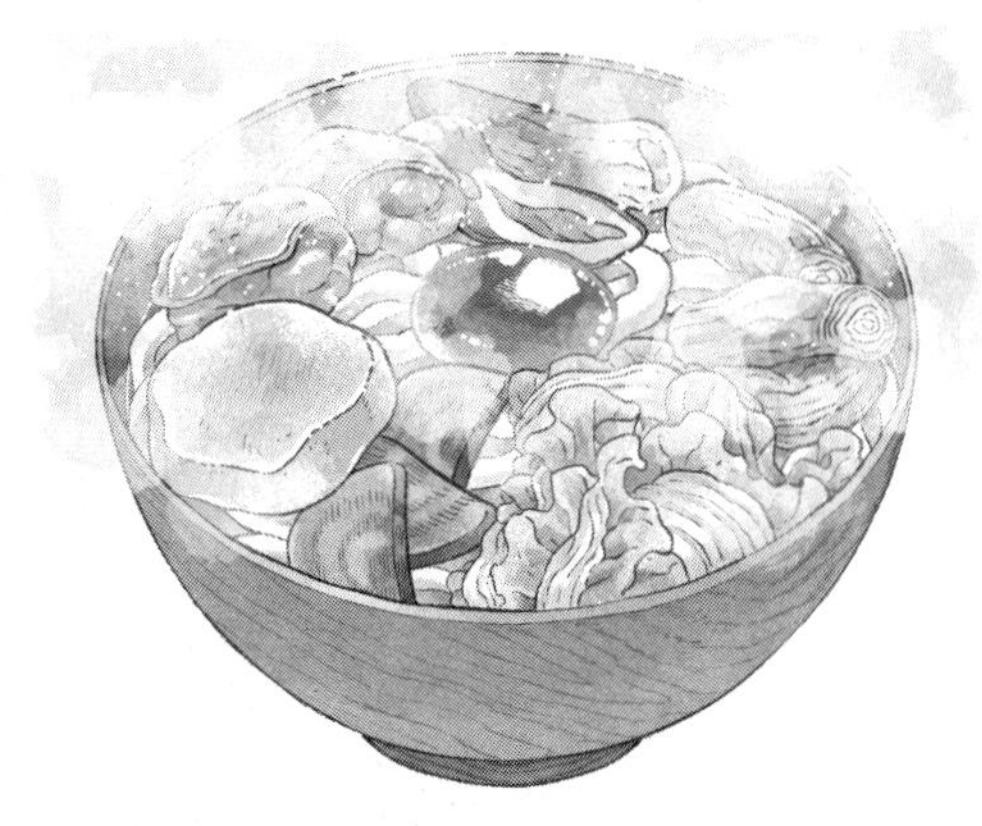

わけにもいかないでしょ。今日は『ぼったくり』で食べてもらいましょう」

「でも……」

「お代は心配ご無用よ。あんたのお給料から引くから……やだ、なんて顔してるの」

冗談よ、家族なんだからお金なんて取らないわ、と美音は笑う。だが、それこそ問題だ。結婚して独立した家庭を持ったにもかかわらず、自分ばかりか夫の食事の心配までさせるなんて申し訳なさすぎる。

馨が作れないなら哲が自分で作る、あるいは外食にしても会社帰りにどこかで済ませてもらうべきだ。絶対に払わせないとわかっている姉の店に行かせることなんてできなかった。

「そうじゃなくて！」

さすがに、そこまで迷惑はかけられない。自分たちでなんとかする、と言い張る馨に、姉はいきなり厳しい顔になって言った。

「なんとかできないからこうなったんでしょ？　どう見たってあんた、無理しすぎよ。それに、要さんが是非来てもらってくれって言ってるの」

「お義兄さんが？」

「そう。さっき訊いてみたら、今日は九時までには帰ってこられるんですって。要さんもこのところずっと忙しかったから、たまにはゆっくり呑みたいみたい。哲君には悪いけど、相手をしてもらえないかしら？」

「そういうことなら……」

「じゃ、決まりね。あ、連絡は要さんから哲君に直接してもらうわ。もう少し食べられる？」

ふと気付くと、お椀が空になっていた。やはり姉の手料理、しかも父譲りのレシピだから食の進み方が違う。いつの間に空になったのかも気付かぬほどだった。

「ううん、もういい。温まったし、すごく美味しかった」

「そう。じゃあ、残りは私がいただいちゃうね。ラッキー！」

さっきよそってくれたうどんは半玉ぐらいだった。同じくらいの量が鍋の中に残っているのだろう。仕事前の腹の虫抑えにちょうどいいに違いない。

その後、うどんを平らげた姉は、押し入れから布団を出して居間に敷いた。この古くて小さい家には二階にトイレなんてない。喉が渇いても一階に下りてくるしかないのだから、いっそここで寝たほうがいいというのだ。

「そのほうが、哲君が帰ってきたときにもすぐわかっていいでしょ？」

「うん、ありがと」

「哲君が戻るまでしっかり眠るのよ。なにかあったら連絡して」

「連絡してって……お姉ちゃん、お店があるじゃない。ただでさえ、今日はひとりなのに……」

二日続けて早引きした上に今日は欠勤、本当に申し訳ないと小さくなってしまう。そんな馨のおでこを姉は中指でピンと弾いた。

「そんなこと心配するぐらいなら、早く治して。お客さんたちだって、馨がお休みって知ったら、心配して押しかけてきかねないわ。特にウメさんなんて、いても立ってもいられないんじゃないかしら。頼まなくても『ちょいと様子を見てくるよ』とか……」

「あり得る。でも、ウメさんが来たらお説教されそう……。体調管理がなってない！　とか」

「そうかも……でもそれも……」

「わかってる。あたしを心配してくれてるからこそ、だよね」

「そのとおり。わかってるならよけいに早く治して。おうどん、ここに入れとくね」

話をしながらも姉は湯通ししたうどんをボウルに入れ、冷蔵庫にしまう。ここまでしてもらえば、あとは出汁（だし）の入ったお鍋を火にかけ、うどんを入れるだけだ。具合が悪くてもそれぐらいならできる。冷凍ではなく茹（ゆ）でうどんを使ったのは、そのほうが柔らかくて消化にいいと思ったからだろう。

最後に台所を片付け、姉は帰っていった。流しに飛んだ水もきれいに拭き取られ、台所はぴかぴかだ。今更ながら、姉との力量の差に情けなさが募った。

——あれ……お義兄さんからだ……

哲が要からのメッセージに気付いたのは夕方……いや、ほとんど夜になってからだった。

一日中忙しくて会社から支給されているスマホを確認するのがやっと、私用のスマホは見る暇もなかった。あれこれ済ませて帰ろうとしたところでやっと自分のスマホに着信ランプが点っていることに気付いたのだ。

――今晩『ぼったくり』で呑みませんか、か……。珍しいな。でも、たまにはそれもいいか。店なら馨もいるし……

要は哲と同じ建設業界にいる上に、はるかに経験豊富だ。仕事に役立つ話もたくさん聞けるだろう。なにより滅多にない義兄の呼び出しを断るなんて失礼、ということで、哲は了解の返事を送ることにした。

受信時刻を確かめると、すでに二時間ぐらい経っている。慌ててメッセージを送ると、すぐに返信が来た。どうやら要も仕事を終えて帰宅するところらしい。哲が勤める会社と佐島建設は、『ぼったくり』から見ると反対方向ではあるが、移動にかかる時間はとんとんだ。今会社を出れば、到着も同じぐらいになるだろう。

会社を出てから四十分後、哲は『ぼったくり』の引き戸を開けた。

カウンターには常連のウメとシンゾウ、マサの三人がいたが、要の姿はない。

まだ着いていないのか、と思っていると、美音が声をかけてきた。

「いらっしゃい、哲君。小上がりへどうぞ」

義兄からの誘いだけでも珍しいのに、カウンターではなく小上がりとは……ほかに席がないわけでもないのにどうして？　と首を傾げてしまう。

それよりなにより、馨の姿が見えない。いつもなら引き戸に手をかけるかかけないかのタイミングで、元気な声が飛んでくる。なにか足りないものがあって、買い物にでも行ったのだろうか。

美音の声を聞きつけたのか、小上がりの障子が開いて要が顔を出した。

「哲君、お疲れさん。こっちこっち」

とたんにシンゾウが大声を出す。

「なんだよ、珍しく小上がりがふさがってると思ったら、あんたかよ！　そんなとこで、馨ちゃんの旦那さんと密会とは穏やかじゃねえな！」

「密会じゃありませんって！　たまには義兄弟で呑もうかなって思っただけです」

「いやいや、それはどう見たって……」

楽しそうにふざけ合うふたりを尻目に、哲は美音に訊ねた。

「あの……お義姉さん、馨は？」

「今日はお休みよ」

そのとき垣間見せた美音の視線は、これまで見たこともないほど険しいものだった。だが、次の瞬間にはいつもどおりの眼差しに戻り、要に話しかける。

「要さん、ごめんなさい。お飲み物……」

「気にしないで。飲み物はセルフでやるから。料理だけ適当に二、三品見繕って。あ、それも手が空いたらでいいからね」

要の言葉に、またシンゾウがにやりと笑って言う。

「おいおいタクのとーちゃん、美音坊があんたを後回しになんてできっこないってわかってて言ってるのか？　だとしたら大した策士だな」

――この人、未だに『タクのとーちゃん』って呼ばれているのか……

小さな笑みが湧く。

『タク』というのは近所の公園に捨てられていた子猫の一匹で、要が引き取って育て、今は要の母である八重が面倒を見ている。そのせいで、『ぼったくり』の常連たちは要を『タクのとーちゃん』と呼んでいたそうだが、美音と結婚してからもその呼び名は続いている。美音の結婚相手と認めたくない気持ちが、『旦那さん』という呼び方を阻(はば)んでいるらしい。

一方自分は、なんのこだわりもなく『馨ちゃんの旦那さん』とか『哲君』と呼ばれている。どこに違いが……と思いながらも、聞くたびに哲はちょっと誇らしい気分になる。この御曹司よりも自分のほうが、この町の人たちに受け入れられている気がして嬉しくなるのだ。

そんな哲の思いをそっちのけで、ウメがさらに冷やかす。

「そうだよねえ。どれだけ注文が積み上がってても、亭主の分は……」

「そんなことしません！　それに今日は本当に手一杯なんです。皆さんにも、いろいろ遅くなるけどごめんなさいってお詫(わ)びしてるぐらいですよね？　その上、特別扱いなんて……」

「わかってるわかってる。ずーっと前から躍起(やっき)になって、ほかのお客さんと同じ扱いにしようとしてた。むしろそれが健気っていうか、かわいいっていうか……」

「もう、ウメさん！　勘弁してくださいってば」

「あはは、悪かったよ。そうそう要さん、今日のおすすめはおでんとほうれん草の胡麻よごし、あとはピリ辛蒟蒻だよ。それでいいかい？」

「いいですねえ、じゃあそれを」

「美音坊、あたしが盛ってやろうか？　亭主に待ちぼうけさせるのは辛かろう」

「いいですって！」

そりゃ残念、とウメは大笑いで言う。

「おでんだったら日本酒……いや、やっぱり哲君はビールのほうがいいかな？」

「そうですね。喉が渇いているし、できればビールで」

「ＯＫ。じゃ、もらってくるよ」

要はすぐに立っていき、冷蔵庫から瓶ビールを出す。グラスと箸、突き出しの小鉢はテーブルの上にセットされている。ジャガイモと人参のきんぴららしい。待ち時間を考慮してか、山盛りになっている。これなら食べ応え十分だし、しばらくしのげるはずだ。

「じゃ、まずは一杯」

流れるような仕草で栓を抜き、要がビールを注ぐ。軽くグラスを掲げて乾杯の仕草をしたあと、ゴクゴクゴク……と三口ほど呑み、要はグラスをトンと置いた。

「さてと……。急に呼び出して悪かったね」

「え？　いや別に……」

「今日は君にちょっと話したいことがあってさ」

「話したいこと？」

「うん。話したいことっていうより、もろに説教だと思ってくれていいよ」

「説教!?　俺、なんかしましたか？」

その言葉で、要の表情が一気に厳しくなる。そう……さっきの美音とほとんど変わらない表情だった。哲は思わず、崩していた足を戻し正座してしまった。

「君、さっき『馨は？』って訊いたよね？」

「はい……それがなにか？」

「ってことは、馨さんの体調が悪いことに全然気付いていなかったんだね？」

「え……あいつ、具合が悪いんですか!?」

「美音曰く、一昨日はすごく顔色が悪かった。夜に帰ったあと、もう店に戻らなくていい、って言うほどね。昨日は無理やり薬で抑えて店には来たけど、治るどころか悪化の一途でやむなく帰らせた。そして今日の昼過ぎ、仕事を休ませてくれって連絡が入ってきた。美音が見に行ったら、二階に上がることすらできず、居間のソファで眠り込んでたそうだ。それなのに、君はまったく気付いてなかった。そういうことだね？」

「えっと……」

「一緒に暮らしてるのに、三日も気付かないなんてどういうこと？」

「実はこのところ残業がきつくて……。一昨日は馨が帰ってくるまでうとうとしてて、飯を食ってすぐに寝ちゃったし、昨日は昨日で帰ったのは九時過ぎ、今朝は飯も食わずに飛び出しました」

「ゆっくり馨さんの顔を見る暇もない、ってことか」

「部署を変わったばっかりなんですよ。まだ慣れなくて……」

「その点、馨さんは結婚前と同じように『ぼったくり』で働いてるんだから、環境に変わりはない。自分のほうがずっと大変だ、ってこと？　結婚して、君っていう家族が増えて、家事の量も増えた。気の使い方だって全然違うはずだよね。それは大変じゃないの？」

「だって……」

思わず漏れた声に、要は哲の顔を呆れ果てたように見たあと、ビールをゴクゴク呑んだ。呑みたいからというよりも、気持ちを落ち着かせるために呷った、という感じだった。

要は再びグラスをトンと置き、話を続ける。

「あんなに体調の悪い妻に気付かないなんて、一緒に暮らす、いや夫婦でいる意味はあるのかな？」

突き放すような要の言葉に、反論の余地もなかった。さらに要は言う。

「今日、ここに呼び出したのも、少しでも馨さんがゆっくり休めるようにだよ。

馨さんは君のことが大好きだし、家事だってちゃんとやらなきゃって思ってる。君が帰ってきたら、無理してでも食事の支度をするだろう。身の回りの世話だってしたくなるさ。でも、それじゃあ、いつまで経っても治りゃしない。その結果、君の世話をできなくなろうがなるまいが、おれの知ったこっちゃないけど、馨さんの具合が悪いと美音が困るんだ」

「……美音さん？」

「なんでそんな意外そうな顔をするんだよ。当たり前じゃないか。一昨日も昨日も、美音はいつもよりずっと疲れてた。ベッドに入った次の瞬間、もう寝てた。その上、今日は最初からひとりだ。『今日のおすすめ』の料理を見たか？」

「え……？」

「おでんに、ほうれん草の胡麻よごしに、ピリ辛蒟蒻。どれも作り置きができる。言い換えれば仕上げがいらない、盛り付けるだけで済む料理だよ。ほかのおすすめだって似たり寄ったり。つきっきりで手をかけなきゃならないものはほとんどない。もしも馨さんが来られなかったら、って考えて選んだ料理だ。わざわざそんな献立を組んでも、やっぱりひとりじゃてんてこ舞いになる。そして、馨さんが治らない限り、美音はずっとその状態なんだ。たまったもんじゃない」

——小上がりに呼んだのはこの人なりの配慮ってとこか……

哲は思いっきりうなだれてしまった。

常連の前で馨の夫に説教なんてできない。せめて人目に触れないところで、と要は考えたのだろう。

「ぶっちゃけ、馨さんはこれまで美音に庇（かば）われて生きてきた。苦労することに慣れてないいんだ。それでいて、美音の世話の焼き方はしっかり見てきたから、同じようにしなきゃって気持ちだけは強くて無理をする。美音は相変わらず姉馬鹿だし、馨さんが困ってたらなんとしてでも助けようとする。その結果、影響が美音に及ぶ——となるとおれは黙っちゃいられない」

今はまだ『美音の身には』なにも起きていない。疲れてはいるが、馨のように病気になっているわけじゃない。だからこそ今のうちに手を打たねばと思った、と要は言う。

「美音は、君を信じて馨さんを託した」

「託した……」

「そう、託したんだよ。美音は、馨さんが生まれたばかりのころからずっと面倒を見てきて、ご両親が亡くなったあとは親代わりでもあった。親目線で、君とならいい家庭が作れる、幸せになれると信じて結婚させたんだ。その信頼を裏切るようなことはしないでくれ」

すべての中心に『美音』がいる。夫というのはここまで妻を想うものなのか。みんながみんな要と同様の考えではないとしても、あまりにも自分と違う。哲は愕然とする思いだった。

思えば、結婚してすぐに異動があり、新しい職場に慣れるのに必死だった。これまでの自分を評価してくれたからこその異動だとわかっていたし、ここで結果を出せばもっともっと認められる。会議でもずいぶん褒められた。まさに、今が踏ん張り時だと信じ、毎日くたくたになるまで働いた。

馨もそんな哲の気持ちを理解していたからこそ、帰宅して食事と風呂を済ませるなり寝てしまうような生活でも、黙って見守ってくれていたのだろう。

辛うじてやっていた夕食の後片付けですら、そのままでいい、少しでも休んで、と言ってくれた。休日も、哲が起きるころには家事の大半が終わっている。寝ている哲を起こすまいと、掃除機ではなく箒（ほうき）やモップを使うほどだった。

おかげで哲は存分に朝寝を楽しめたし、体力を回復して元気いっぱいで仕事に臨めた。さもなければ、蓄積する疲労で今頃倒れていたかもしれない。一方馨は、毎日遅くまで働き、朝九時までには出勤しなければならない哲に合わせて早起きし、休日もろくに休めず疲れ果てていった……

すべて悪いのは哲、要に説教されて当然だった。

これではいけない、と今更にして思う。けれど、現状を好転させる方法がわからない。情けないけれど、ここは素直に訊（たず）ねよう。哲たち以上に要と美音は激務だ。ふたりの生活から学べることがたくさんあるに違いない。

「あの……要さんと美音さんは、おうちではどんなふうなんですか？」

「どんなふうって？」

「家事分担とか……。美音さんは仕込みもするし、馨よりずっと店にいる時間が長いですよね。どうやって家事をこなしてるんですか？」

「ああ、そういうことか。うちにはルールがあるんだ」

「ルール？」

「そう。ふたりのための家事は必ずふたりでやる」

「ふたりのための家事？」

「掃除とか洗濯とか、ほとんどはふたりのための家事だろ？」

ふたりの家なんだから掃除は当然、洗濯だってふたり分まとめて洗うんだからふたりのための家事だ。大人しかいない家はそう簡単に埃で埋まったりしない。掃除は週に一度で十分ということで、日曜日に一緒にする。洗濯は乾燥機付きの洗濯機に任せてどちらかが畳む。以前はそれも一緒にやっていたが、さすがに効率が悪いということで、ひとりが畳み、もうひとりが風呂の掃除をすることにした。部屋と違って風呂は一週間掃除をしないというわけにはいかないからだそうだ。

「美音さん、ひとりのときは家事をしないんですか？」

「しない、ってことになってるけど、怪しいものだと思ってる。洗面台とか台所の流しとかの水回りはいつだってきれいだし、ちょこまかやってるはずだ。本人は手が勝手に動いてるって言うけど……。なにより、料理に関してはまったく譲ってくれない」

「ああ、料理……それは確かに」

美音は、とにかく作って食べさせたい人だ。料理の出来を問わず、要が作ったものなら喜んで食べるのだろうけれど、自分の料理で笑顔になる要を見たい気持ちのほうが強いに違いない。

「でも、料理だってふたりのための家事ですよね？　お義兄さんだって食べるし」

我ながらいやな質問だと思う。それでも、要のあまりにも完璧な『夫像』につい突っ込みを入れたくなってしまったのだ。

要は苦笑いで答える。

「それが美音のずるいというか、うまいところでさ。基本的にうちは、ひとりのときは自分のために時間を使うってことにしてるんだけど、それを盾に取られた」

「盾？」

「そう、もろに盾。『私は料理人です。料理が仕事なんだから、研究も練習も必要です。新しいレシピを試したり、少しでも早くきれいに素材を切れるように練習したりするのは当たり前。これは私が私のためにやってることで、結果としてできた料理を誰が食べようが知ったこっちゃありません！』だそうだ」

「知ったこっちゃありません？　ふえぇ……美音さん、言うなあ」

「ぐうの音も出ないよ。それでもなんとか交渉して、ようやく日曜の昼飯ぐらいは任せてもらえるようになったところ。それも、二回に一回ぐらいは外で、とかになっちゃうけど」

「もしかして、外食も研究の一部、とか？」

「そのとおり。もともとは、おれ自身がそう言って美音を連れ出してたんだけど、今じゃおれの家事負担を減らす手段になってる。美音とおれじゃあ、料理にかける労力が違いすぎるそうだ」

タマネギひとつ取っても、たちまちみじん切りにできる美音と、確かめながら包丁を入れる要では強いられる緊張もかかる時間も違う。それは真の平等ではない、と美音は主張するらしい。

「実に頑固というか、困った奥さんだよ」

　そう言いながらも要の目尻は下がりっぱなしで、まったく困っているように見えない。

「で、今は将来的な危機管理って概念を叩き込んでる最中。君が病気をしたり、ほかの事情で料理ができなかったりしたとき、とんでもないものを食わされたくないだろう？　君みたいに舌が肥えてる人間には辛いぞ、って脅してる」

「脅してるんですか？」

「そうでもしないと台所の使用権を譲ってくれないからね。今の目標は土曜日の晩飯の作成権をゲットすること」

　美音は目下（もっか）、土曜日に限らず、店を開ける日は夕食の下拵え（したごしら）えを終えてから仕事に行っている。だが、要は基本的には週休二日なので、土曜日は休みになる。美音が仕事で要が休みとなる土曜日ぐらいは作らせてほしい、と要は考えているらしい。

「それこそ、将来のために練習したい、って言い張れば美音も反論できない」

これでおあいこだ、と要は呵々大笑だった。

「遅くなってごめんなさい。お酒、足りてます？」

そこで障子が開いて、美音が顔を出した。どうやら一段落して、こちらに料理を運ぶゆとりができたのだろう。

「大丈夫。それに、足りなくなったら勝手に取りに行くし。お、カセットコンロだ」

料理を持ってきたかと思いきや、美音の手にはカセットコンロがある。手早く座卓にセットして、すぐに引き返し、今度は小振りの土鍋を持ってきた。

要が嬉しそうな声を上げた。

「なるほど、これなら冷めないね」

「ちょっと多めに持ってきたので、ゆっくりやっててもらえますか？」

「OK。こっちは気にしないで。あー大根が鼈甲色だ！」

「今日は、要さんの大好きなお餅入りの巾着もありますよ」

「やった！　これ旨いんだよなー。餅がとろっとろにとけてさ」

「火傷にだけは気をつけてくださいね。あ、哲君は牛すじが大好きなんでしょ？　たっぷり入れてあるから召し上がれ」

「あ、嬉しい……って、馨はそんなことまでお義姉さんに？」

「ええ。あの子自身はあんまり牛すじに執着がなかったのに、急に下拵えとか煮込み方を訊いてきてね。これは哲君が好きなんだなーって」

「そうですか……。そういや、この間も煮込みを作ってくれました」

「でしょう？　いろいろ至らないところもあるけど、あの子はあの子なりに一生懸命なの。だから……」

　そこで美音はいったん言葉を切り、まっすぐに哲を見つめた。

「大事にしてやってね」

　睨み付けるというよりも、ひたすら冷たい眼差しで言ったあと、美音は障子を閉めて去っていく。要が気の毒そうにこちらを見た。

「こわ……あれは相当怒ってるよ。これが限界だ。これ以上になったら、あの家に踏み込んで布団ごとここに攫ってくるな。馨さんの代わりに『実家に帰らせてもらいます！』なんて啖呵まで切りかねない」

美音と馨にとっては馨が今住んでいる家が実家なのだが、それは物理的な話。気持ちの上では姉の私がいる家こそが実家だ、と美音なら言いそうだ、と要は笑う。そして、美音にそこまでさせてしまったら、馨は二度と哲のもとに戻してもらえない。家どころか、この店にすら出入禁止にされるだろう、と……

哲にしてみれば、到底笑える話ではなかった。

「もう二度と、こんなことにならないように気をつけます」

「頼むよ。おれの大事な大事な奥さんの妹なんだからさ」

大事な大事な妹ではなく、大事な大事な奥さん——どこまでも美音を想う要の気持ちに頭が下がる。もともと砂糖を撒き散らして周囲を辟易させていたふたりだが、糖度は結婚してからもまったく下がっていない。それどころか日々増している気がする。

結婚するとき、可能な限り要たちと同等の式にしたいと思ったけれど、あれは全くの見当違いだった。このお互いを思いやる気持ちこそ、真似すべきものだったのだ。

ふと見ると、要が空になったグラスに哲のビールを注ごうとしている。哲はグラスの上に片手をかざし、首を左右に振った。

「ビールはもう……。お義兄さん、心配かけて申し訳ありませんでした。俺、これで失礼してもいいですか？」

「馨さんに世話をかけないなら」

「かけません。帰ってあいつの面倒を見ます。もしかしたら飯もまだかもしれないし……」

「そうか。なら帰ってやって。美音はうどんの用意をしてきたって言ってたけど、作れてないかもしれない……」

「哲君、これを」

そこでまた障子が開き、美音が入ってきた。会話が聞こえたのか、さっきよりは少しだけ柔らかい眼差しになっている。お盆の上には大ぶりの茶碗があり、薄茶色のご飯がたっぷり盛られていた。

「茶飯をどうぞ。哲君、これも大好物よね？」

「お義姉さん、せっかくですが俺はこれで……」

「気持ちはわかるけど、馨のためにもご飯だけは食べていって。じゃないと、また……」

「あ……」

空きっ腹で帰ったら、また無理をしかねない。『ぼったくり』に寄ることは馨も知っているのだから、とにかく食事を済ませていって、と美音は言う。言われて見ればそのとおりだった。

「わかりました。じゃあ……」

「お吸い物でも持ってこようか？」

「いえ、これだけで十分です」

「そう。じゃ、よく噛んでね」

茶碗と漬け物の小皿を置き、美音はまたカウンターのほうに戻っていく。ただし、障子は開けっ放し、お説教は終わりということだろう。

「じゃ、おれはゆっくりやらせてもらうよ」

要はこれまでと打って変わったのんびり口調で言うと、ものすごく嬉しそうに取り皿に餅入り巾着を移した。

哲も茶飯を喉に詰まらせないようにしっかり噛み、おでんやほうれん草の胡麻よごし、ピリ辛蒟蒻にも箸を伸ばす。言うまでもなくどれも旨く、プロとしか言いようのない味だ。とりわけおでんに入っている牛すじはとろけるほど柔らかく、辛子を少しつけると牛脂ならではの甘みがより際立つ。

ほうれん草は柔らかく茹でられ、醤油を控えた分、出汁と胡麻をきかせて優しい味わいになっている。『ぼったくり』は年配の常連が多く、血圧を気にする人もいるそうだが、これなら安心して食べられるに違いない。蒟蒻も歯応えがしっかりしていて、いかにも『上等』のものを使いました、と言わんばかり。日本酒好きの客にはたまらないつまみになるはずだ。

簡単かつ『盛り付ければいいだけ』だったとしても、美音の腕を見せつけられるような料理ばかりで箸が止まらなくなる。

それでも今、哲は、馨が作ってくれた牛すじ煮込みがたまらなく食べたかった。調味料の量を決めきれず、神妙な顔で少しずつ継ぎ足しながら、最後は煮汁が多くなりすぎて、鍋の中で牛すじが泳いでいるような有様だったのに、味そのものは素晴らしかった。

『大成功！　あたしだってやればできるんだよ！』

味見をして絶賛した哲に、馨はものすごく得意げに言った。醤油のボトルをトロフィーのように掲げ、満面の笑みを浮かべて。あの笑顔に甘えきり、自分は仕事でいっぱいいっぱいだけど、馨は大丈夫そうだ、とりあえず家のことは任せよう、なんて思った自分をぶん殴りたい。

もう二度と、馨をこんな目にはあわせない。大変なのは自分だけじゃない。むしろ、自分が辛いときこそ、馨に皺寄せがいっていないかを考えられる人間にならなければ……

おそらく要は美音を、妻としてだけではなく、ひとりの人間としても幸せにしている。美音の幸せを願わない日などないに決まっている。そして美音も、いかに要を幸せにするかを考えて生きている。だからこそあの夫婦は、いつまでも周りを辟易（へきえき）させるほど砂糖をばらまき続けているのだろう。

――いろいろな形の夫婦がいる。でもお互いの幸せを願う気持ちは夫婦の基本だ。今までの俺は、自分より先に馨のことを考えるなんてできなかった。これからだってすぐにできるようになるとは思えない。それでも、少しずつでも進んでいこう。ずっと一緒にいたい、この人といれば幸せだ、とお互いが思い続けられるように……

ほのかに醤油が香る茶飯の最後の一口を掻き込み、哲は茶碗を置く。

「ごちそうさまでした。じゃあ、俺はこれで」

「うん。馨さん、お大事にね」

「はい。もしかしたら明日もお休みさせてもらうかもしれませんが……」

申し訳なさそうに言う哲に、要がにっこり笑って答える。

「大丈夫。明日は、月に一度の平日定休日だよ」

「そっか……それなら安心です」

「心置きなく休んで、しっかり治してもらってくれよ。じゃないと美音が……」

あくまでも自分の妻を心配する要に心の中で苦笑いしつつ、哲は小上がりから出る。

美音はもちろん支払いは受け取ってくれず、それどころか料理を詰め込んだプラスティック容器まで持たされた。かなり大きく、とてもじゃないが一度では食べきれない量だ。

驚く哲に、美音は平然と言った。

「これは哲君の朝と晩の分。悪いけど馨の分は、哲君が作ってやって。あ、朝だけでいいわよ。お昼は私が作りに行くから」

「いや、それも俺が。なんなら会社を休んでも……」

「そんな簡単に休めないからこうなっちゃったんじゃない？　大丈夫、こんなときのために近くにいるんだもの。それに、馨は元々元気だし、これまでのことを考えてもそろそろ快方に向かうはず。もしかしたら、明日の朝にはけろりと治ってるかもしれない」

「そうだといいんですが……。でも、お義姉さんだって忙しいでしょうし、やっぱり俺が休んだほうがいいと思います」

「自分のために無理して休んだとなったら、それはそれで落ち込んじゃう。馨はそういう子なの。すごく面倒くさいけど、それって私も同じ、むしろ私のほうが上……ってことで、よろしくね」

美音の言葉を聞いて、カウンターのシンゾウが噴き出した。

「おいおい美音坊、面倒くさいって自分で言うなよ！」

「そりゃ言いますよ。馨や皆さんにさんざん言われてますし、人に言われるより自分で言うほうが少しは気楽です」

「気楽ってこたあねえだろ……」

「じゃ、皆さん、俺はこれで！」

美音と常連たちを尻目に、哲は店を出る。

これ以上、話を聞いている時間がもったいない。早く帰って馨の顔を見たかったし、なにより謝りたい。一秒でも早く、という思いで、哲は人気のない商店街を駆け抜けた。

家に着いた哲は、極力音を立てないように家に入った。足音を忍ばせて短い廊下を歩く。

外から見たとき明かりは漏れていたが、もしかしたらつけっぱなしで眠っているかもしれない。起こしてはいけない、とそっと居間を窺うと、こちらを向いて横になっている馨と目が合った。

「おかえり、哲君」

「ただいま。起きてたんだね」

「うん。さっき目が覚めた。お姉ちゃん、ご飯食べさせてくれた？」

「もちろん。おでんとほうれん草と蒟蒻、あと……」

「茶飯？」

「そう。知ってたの？」

「昨日、お姉ちゃんが仕込んでたから……。ごめんね、哲君」

「こっちこそ！」

何日も続けて具合が悪かったのに、全然気がつかなかった。それでは一緒に暮らしている意味がない、と要に叱られてしまったことを告げると、馨は顔をくしゃくしゃにして笑った。

「お義兄さんに叱られたの？」

「そうなんだよ。小上がりに呼び込まれて、膝詰め説教って感じ。しかも、話の中心が丸ごと『美音に迷惑をかけるな』だった」

「あー……お義兄さんらしいわ」

「まったくね。でも、おかげで余計に反省した。お義兄さんは、本当にお義姉さんのことをよく考えてる。頭の中は、どうしたらお義姉さんが楽になるかってことしかないみたい」

「そりゃそうよ」

そこで馨はまた、盛大に笑った。なにがそんなにおかしいのか、と思っていると、しばらくしてようやく笑いやんだ馨の説明が始まった。

「お義兄さんは必死なんだよ。万が一、お姉ちゃんが『ぼったくり』の女将と要さんの奥さんを両立できそうにないって思ったら、切り捨てられるのはお義兄さんだもん」

「え、そうなの？」

「少なくともあたしはそう思ってる。お姉ちゃんは『要さん命』に見えるし、たぶん自分でもそう思い込んでるんだろうけど、なにがあっても『ぼったくり』を閉めるって選択はしないよ」

馨の言葉に哲は首を傾げた。

確かに、これまで『ぼったくり』は美音と馨の生活の中心だった。両親が事故で亡くなったとき、ふたりがそれまでかけていた保険に加えて相手方からの保障もあり、生活の心配はなかったらしい。それでも『ぼったくり』を続けなくては、という思いが、両親を失った悲しみから目を逸らさせてくれたことも事実だろう。とりわけ美音は、泣いている場合じゃない、と自分を鼓舞したに違いない。

けれど、要という伴侶を得た今、美音にそんな鼓舞は必要ない。経済的にも不安が払底された状態だろう。いつやめてもかまわない、それよりも夫を優先すべきだと考えるのが普通ではないか。それともやはり、ご両親が大事にしてきた店をなくすわけにいかない、という強い思いがあるのだろうか……

ところがそんな哲の疑問に、馨はあっさり答えた。

「それは違うよ、哲君。『ぼったくり』はお父さんやお母さんが大事にしてきた店ってこと以上に、お姉ちゃんが自分の足で歩いていくために絶対必要な拠り所なんだよ」

「自分の足で歩いていく……？」

「そう。お姉ちゃんは、要さんのことが大好きだけど、おんぶにだっこになる気は全然ないの。佐島建設の御曹司相手に絶対無理だってわかってても、できるだけ対等でいたいと思ってる。今は意見が違っても話し合って解決することができる。でも、いつかはそれができなくなるか、どうしても譲れないことが出てくるかもしれないじゃない？」

人は変わる。自分も相手も価値観すらも……

この人とは考え方が合う、と思って結婚しても、長く夫婦を続けるうちに意見の食い違いは出てくるだろうし、価値観が変われば何もかもが変わってしまう。そんなときに自信を持って『私はそう思わない』と言い張るための足場、それが美音にとっての『ぼったくり』だ、と馨は言う。

「『ぼったくり』があれば、たとえ要さんと別れてもお姉ちゃんはやっていける。それに……」

そこで馨は言葉を切り、枕元に座っている哲をまっすぐに見上げて言った。

「お姉ちゃんはきっと、あたしのことも考えてくれてる」

「馨にも拠（よ）り所がいる、ってこと？」

「うん。今は考えられないし、考えたくもないけど、哲君とお別れしなきゃならない日が来たとしても、『ぼったくり』があればあたしは生きていける。将来子どもができることがあるかもしれないけど、子どものために選択肢を減らす必要がないってすごく大事なことだよ」

「馨……」

美音だけではなく馨自身もそこまで考えていたのか、と言葉を失う。

別れたいと思いながらも、子どものことを考えて実行できない夫婦も多いと聞く。特に、どちらかの経済力が足りない場合、生活のために苦境に甘んじるのだと……

そんな羽目に陥らないように、『ぼったくり』を続ける。経済的なことだけではなく、『自分の城』と呼べる場所があることが、自分たちにとって大事なのだ、と語ったあと、馨はため息をついた。

「前は、お姉ちゃんにすごく申し訳ないと思ってた。あたしさえいなければ、無理して『ぼったくり』を続けることはないのかもしれない、って……。でもね、今は考え方が変わった。あたしがいてもいなくても、お姉ちゃんは変わらない。あの人は、自分の足で立てなくなったら、穴を掘って嵌まっちゃう」

「穴⁉」

「そう、穴。少なくとも土に嵌まってれば、誰かに寄りかからずにすむでしょ？

穴を掘る元気はあるのか、それぐらいなら座って休めよ、って思うけど、それはそれで気に入らないのがお姉ちゃんって人よ。穴を掘って隠れて、いやー暗くて静かだわー、落ち着くわーとかやってそう」

いったいこの妹は姉をなんだと思っているのか。さすがに美音が気の毒になる。だが、なんとなく想像できるから不思議だ。確かに美音なら、要にべったり寄りかかるぐらいなら、土に潜ることを選びそうだった。

「だからね、あたしはそんなお姉ちゃんにありがたく甘えさせてもらうことにしたの。ただし、とにかく頑張って、できるだけ足を引っ張らずに済むようにしようって……。だけど、結果として無理をしすぎてお姉ちゃんにも哲君にも迷惑をかけることになっちゃった。ほんと、だめだよねーあたし。お姉ちゃんより五つも若いのに、体力すら勝てない」

そこで、馨は頭から布団をかぶった。『偉大なる姉』の存在が辛すぎると言わんばかりに……

そして数秒後、息苦しくなったのか鼻から上だけ出してこちらを見た。それこそ穴から周りを窺っているようで、哲は噴き出してしまった。

「お義姉さんは持続力、馨は瞬発力ってことじゃないの？　いいバランスだと思うよ」

「そうかな……」

「お義姉さんは百年でも穴に入っていられる。でも馨は数秒でアウト、無理はしないほうがいい。だから、スコップが欲しくなったら教えて」

「スコップ？」

「馨の場合、穴を掘りたいかどうか自分でもわからない気がする。なんだかわかんないけどスコップが欲しいかも……あたりから始まりそうだから、そこで教えて。そしたら俺、ちゃんと考えるから」

「スコップを買ってくれるの？」

「いやいや、買わずに済む方法を。それと、俺はお義兄さんよりずっと鈍いから、不満は言葉で伝えてくれると助かる。あーそれも、スコップ段階で。大事になって穴を掘り出す前……『なんで？』って思った時点で」

「『なんで?』か……そうだね。そのほうがいいね。実を言うとちょっと前に思ったんだ」

「え、もう思っちゃったあと⁉」

「この間、哲君は『次は唐揚げにして』と言ったでしょ? あのとき、次もあたしが作る前提かーって……。確かに『なんで』って思って、すごくもやもやした。あのとき無理に呑み込まずに『次は一緒に作ってね』とでも言えばよかった」

疲れているだろうと思ってなにもかも背負い込んだ挙げ句、自分が倒れるなんて馬鹿すぎる、と自嘲する馨に、とめどない申し訳なさがこみ上げた。

「俺は馨に甘えすぎた。馨のために頑張ってる、なんて思い込んでるところもあった。でも、俺は本当に馨に甘えてただけなんだな」

仕事ができず、会社に居場所がない。哲の会社にもそんな社員がいる。そんなのはいやだ、と無理を承知で働き続けた。なにをしても、馨が自分のそばからいなくなることはない——心のどこかにそんな甘えがあったからこそ、馨をないがしろにして仕事に打ち込んだのだ。

このままだったら、いつか馨を失っていたかもしれない。そうなる前に気付かせてもらえてよかった、とつくづく思う。

「これからは馨を最優先にする。忙しいからって、なにもかも馨に押しつけたりしない」

だが、半ば宣言するように言った哲に、馨は首を横に振った。

「それ、違うと思う」

「違うって？」

「仕事も大事だけど、家族だって大事。どっちが上ってことはないよね。でも、その時々でどっちかを優先しなきゃならない瞬間ってあると思う。大事なのは調整。どっちが大変かなんて決められないけど、少しでも余裕があるほうがやればいいと思う。なにからなにまで平等なんて無理だもん」

「だけど、自分では大丈夫だと思っててもだめなこともあるじゃん」

「今のあたしみたいにね。でも、それこそ調整、話し合おうよ。で、どっちも無理そうだったら、いっそふたりともやらないって手もあるし」

「やらない⁉」

「哲君もあたしも、これといったアレルギーはないよね。多少の埃じゃ死なないし、ご飯だって外食でも中食でもなんとでもなる。疲れてるなら、なにもかもほうりだして寝ちゃおう。それでいいじゃん」

「あはは、それは気楽でいいな」

「でしょ？　あたしたちって、身近に立派なお手本がありすぎたんだよ」

「お義姉さん夫婦のこと？」

「うん。お姉ちゃんたちってある意味『理想的な夫婦』だからね。でも、どうやったってあのふたりみたいにはできないんだから、あたしたちはあたしたちのやり方でいこうよ」

「ふたりのための家事はふたりで、は大前提だけど、どっちもやらないって選択肢もあり」

「そういうこと！」

「ＯＫ。それはそうと馨。飯は食ったのか？」

「まだ。ただひたすら寝てた」

「食欲は？」

「あー……話してるうちに出てきた。よし、起きておうどん作ろっと」

がばっと起き上がり、布団から出ようとした馨を押し止め、哲は立ち上がった。

「俺がやるよ。今の俺は、たっぷり飯を食って元気百倍。お任せあれ」

「うわー助かる。ありがとう！」

そう言うと、馨はあっさり布団に入り直す。

無理はしない、余裕があるほうがやる、を実践するためには、こうやって素直に譲って感謝して任せる姿勢が必要不可欠だ。そしてそれは、面倒を見られる側だった馨の得意とするところだろう。

哲は冷蔵庫からうどんを出し、鍋を火にかける。

今日は美音が作ったそうだが、お義父さんのレシピだと聞いたから馨だって作り方を知っているはずだ。今度、教えてもらって、次は自分で作れるようになろう。もちろん、風邪引きスープも……。代わりに馨には、オニオングラタンスープの作り方を教えてあげよう。哲の母のご自慢レシピで、風邪の引き始めには効果覿面、多少の熱っぽさなど吹っ飛ばす料理だ。

――お義姉さんたちは誰から見てもいい夫婦だ。それに比べて、俺たちはものすごく未熟……問題だって次から次へと起こるかもしれない。でもひとつひとつ話し合って解決していければ、きっとうまくいく。俺たちなりのいい夫婦になれる!

確信に近い思いを抱きつつ、哲は温まったツユにうどんを入れる。鍋の中は、うどんの入る隙間がないほど具がたっぷりだ。これでは主役がなんなのかわからない。だが、そんなごちゃ混ぜのうどんこそが自分たちには相応しい。あれもこれもと入れてみて、だめなら次は入れない。

足したり引いたりを繰り返しながら一歩一歩進んでいこう。

――最初はだめだと思っても、煮込んでいるうちに馴染むことだってある。焦らずのんびりやろう……

入れたばかりのときは角が立っていた麺が、温かいツユに馴染んで柔らかくなっていく。

鍋から濃い出汁（だし）とほのかな醤油の香りが立ち上る。ふと思いついて、冷蔵庫から卵を出して割り入れる。温めるだけではなく、少しでも馨のために手を加えたい気持ちがあった。

父のレシピで姉が作り、夫が仕上げたうどん――一口食べて、極上の笑みを浮かべる馨が見えるような気がした。

上戸と下戸

『上戸』はお酒が強い人、『下戸』はまったく呑めない人を表しますが、この語源については二つの説があるといわれています。

ひとつは律令制の時代、『大戸』『上戸』『中戸』『下戸』という階級が設けられており、その階級によって婚礼時に呑めるお酒の量が決められていたことによるという説。たくさん呑めるのが『大戸』、そこからだんだん減っていき、『下戸』になるとまったく許されない、すなわち呑めない人、となったようです。

もうひとつは中国の秦時代、万里の長城を守る兵士のうち、寒さの厳しい山上の門『上戸』を守る兵には寒さ対策としてお酒を、往来が激しくて警護が大変な平地の門『下戸』を守る兵士には疲れを癒やすために甘いもの（饅頭）が振る舞われたことから、『上戸』は酒好き、『下戸』は甘いもの好きになったという説。

どちらも信憑性たっぷりですが、呑兵衛の私としては、身分も仕事も関係なくお酒を楽しみたいと思うばかりです。

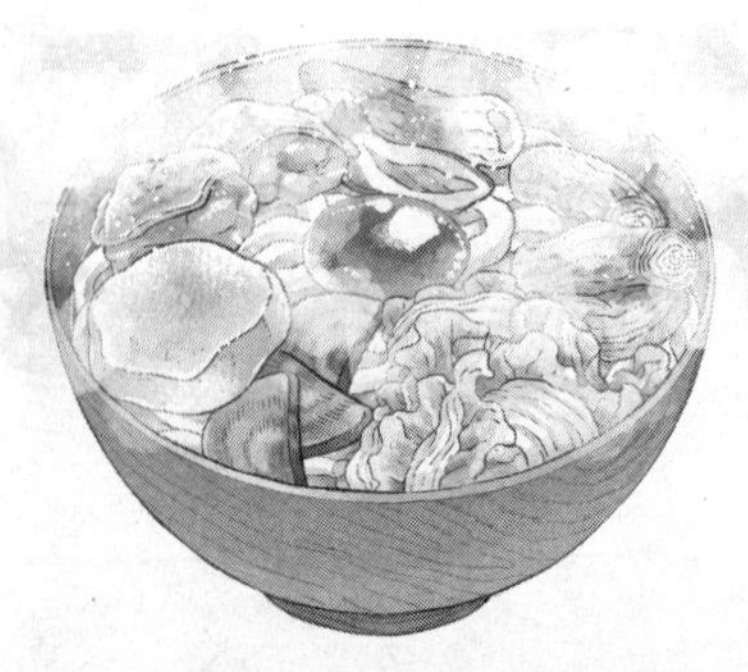

塩昆布のクリームチーズ和え

皿鉢風盛り合わせ

鶏肉竜田揚げ

猫騒動再び

「うー……かわいい、かわいい、かわいい！　やっぱり冬は猫っすねえ！」

アキラの部屋に入るなり、カンジは猫のミクを抱き上げて頬ずりした。

カンジは、家電製品取付工事会社に勤務しており、もっぱらエアコンを付けたり外したりしている。アキラはカンジが入社したときからの指導役で、公私ともにお世話になっており、こんなふうに家を訪れることも多かった。

今日も一日暖房が入っていない部屋や屋外で仕事をしていた。しかも曇天のせいか、午後になっても気温がほとんど上がらなかった。冷え切った身体に、猫の体温ほど嬉しいものはない……ということで、わざわざアキラの部屋を訪れたのである。

ミクは、ふたりがよく行く居酒屋の近くの公園にまとめて捨てられていた猫の一匹で、アキラが引き取って育てている。

しょっちゅう現れるせいかカンジのことも覚えているものの、対応はクールだ。いきなり抱き上げたところで逃げもひっかきもしない半面、ゴロゴロ喉を鳴らしたりすり寄ってきたりもしない。それどころか、『まあ、触らせてやってもいいわよ』なんて言いそうな顔でふんぞり返っている。

雌猫で、いわゆる『女王様気質』というやつなのだろうが、いかにも気儘な猫っぽくてカンジは気に入っていた。たとえ、こいつは俺のことを下に見ているな、としか思えなくても……

ミクは暇さえあれば毛繕いをしているし、アキラもせっせとブラッシングしてやっている。おまけにどういうわけかミクは湯が好きらしく、休日にアキラがのんびり風呂に入っていると、ドアをひっかいて中に入れろとアピールするそうだ。

アキラは、ミクをものすごくかわいがっている。猫に入浴はそれほど必要ないとわかっていても、ドアの前で鳴かれれば無視するのも辛い。耐えきれずに中に入れ、風呂蓋の上に乗せてやったり、ときにはシャンプーをすることもあるらしい。おかげでミクの毛並みはいつも整っているし、いやな臭いもしない。温かい腹や背中に顔を埋めると、日に干したばかりの毛布みたいな感じで、口から勝手にうめき声が漏れるのである。

湯たんぽさながらにミクを抱え込むカンジに、アキラが即座に反論する。

「なに言ってやがるんだ。夏でも冬でも猫……いや、ミクは最高だよ」

「はいはい、そのとおりっす！　あーあ、俺のアパートもペット可だったらいいのに」

カンジのアパートはペット禁止だ。大家に相談すれば金魚ぐらいは飼えるのかもしれないが、カンジは直接触れ合えるペットがいいと思っている。候補としては犬か猫、あるいはウサギ、ハムスターの類いだが、犬は散歩をさせてやったほうがいいと聞くし、齧歯類は電源ケーブルを囓るらしい。電源ケーブルを囓られて機器が故障し、修理を依頼してくる客は少なくない。故障で済めばいいが、燃えやすいものの近くで断線して火事発生、なんてことになったら大変だ。

　やはり飼うなら猫が望ましい。とはいえ、引っ越しから始めるとなると、お金がかかるのはもちろん、今のアパートは立地も間取りも不満はない。むしろ、あの家賃でよくぞこの部屋が、と思うほどなのだから、二の足を踏むのは当然だろう。そんなカンジに、アキラはさらに追い打ちをかける。

「部屋だけの問題じゃねえよ。ペットを飼うには責任ってものがついてくる。餌は毎日だし、予防接種だっている。具合が悪くなれば病院にも連れていかなきゃならない。はっきり言って、めちゃくちゃ金がかかる。割り勘が一切できねえ分、女よりかかるかもしれない。おまけに飽きたからって、途中で放り出すわけにもいかねえ」

　いったん飼い始めたら最後までしっかり面倒を見る。その覚悟がなければ、猫に限らずどんなペットにも手を出してはいけない、とアキラは厳しい声で言う。癒やしを求めてペットを飼い始めたのはいいが、思ったよりも手間やお金がかかって手放す人もいると聞く。きちんと次の飼い主を探すならともかく、そこらに適当に捨てる場合もあるらしい。アキラのようにちゃんとペットと向き合っている人間にしてみれば、怒り心頭だろう。

「環境が変わっても、稼ぎが落ちても、女ができても、ちゃんとペットのことを考えられる。その自信がない限り、うかつに手を出すんじゃねえ」

「ですよねえ……やっぱり俺には無理かな……」

「ま、俺みたいに、ミクのために頑張るって手もあるけどな」

ミクが来てから、かなりちゃんと暮らすようになった、とアキラは笑う。

昼どころか夕方近くまで眠り続けて休日を台無しにすることもなくなったし、もとは自分のものでも抜け毛はミクに不快だろう、と部屋の掃除もちゃんとするようになった。自分になにかあったら困るのはミクだ、と健康管理にも気をつけている。このままいけば痛風かメタボ、といわれたこともあったが、それも改善した。ぜんぶミクのおかげだ、と、アキラはミクをぐりぐり撫でた。

「ほんと、アキラさんはミクが来てからめちゃくちゃ『ちゃんと』しましたよね。その分、女とはますます縁遠くなったみたいだけど」

「うっせー！　いいんだよ、俺はこれで幸せなんだから」

「あ、はい……そうっすね……」

「ま、おまえも頑張れ。とりあえず自分で飼えるようになるまでは、ミクにいつでも会いに来ていいからな」

そう言うと、アキラは台所のほうに歩いていく。ほどなくパッカンという音が聞こえた。

途端、ミクはカンジの腕を抜け出して台所に駆けていく。あれが、餌の缶詰を開けた音だとちゃんと知っているのだろう。台所に行ってみると、ミクはアキラの足下でおとなしく待っていた。

「ハイよ、お待たせ。たんと食え」

「ナー」

ニャンでもナーゴでもなく『ナー』で済ませるところが、ミクらしい。まさに『女王様の返事』だった。

「いい食いっぷりですね」

皿から顔を上げようともせず、ミクは一心不乱に食べている。もともと捨てられていた五匹の猫の中では一番大きかったそうだが、それぞれの家に引き取られたあともミクの成長ぶりは素晴らしく、今でもほかの猫を圧倒する体格である。同じく子猫を引き取った『ぼったくり』常連のウメは、さすがに太りすぎではないかと心配し、時々預かって自分の猫と一緒に運動させてくれているらしい。おかげで少しは痩せたようだが、それでも五匹の中では一番の体格に間違いないだろう。

「ちょっと前に、ローカロリーの餌に替えたんだ。かなり評判のいいやつを選んだから、味はいいはずだが、今までが今までだったから足りないんだろうな……」

毎回、洗ったのかと思うほど皿をきれいに嘗め上げ、それでももっと欲しそうにする。足下で鳴かれても、ミクのことを思えば足してやることもできない。こんなことなら最初からちゃんと勉強して、適正な量で餌をやればよかった、とアキラはしきりに後悔する。

「ごめんな、ミク。俺が馬鹿だったせいでおまえを辛い目にあわせて……」

ハグハグと餌を食べるミクの背をそっと撫でてやりながら、アキラは言う。餌を食べている最中に触られたら不機嫌になる動物は多い。『フーッ！』なんて怒る猫もいるだろうに、ミクは平気だ。

太っ腹というよりも、触っているのがアキラだからに違いない。ミクはアキラの気持ちをちゃんと理解している。どれほどアキラがミクを大切にし、気遣っているかを……

『ふたり』の間にある信頼関係を目の当たりにし、カンジはますます羨ましくなる。だが、実際問題自分が猫を飼うことも、飼った猫にこんなに信頼されることも難しい。

いつかきっと……と思いながらも、そのいつかは永遠に来ないような気がしてならなかった。

アキラと猫談義をした翌週の火曜日、カンジは『ぼったくり』のカウンター席に座っていた。

仕事があって週末にしか工事ができない客が多く、カンジの休日はもっぱら平日で、今週は水、木と続けて休むことができた。訊いてみると、アキラも水曜日が休みになったらしい。

カンジはすっかり独り立ちし、よほどのことがない限りアキラと同じ現場に入ることはなくなった。ミクに会いに行きがてら部屋呑みすることはあったが、こしばらく外で呑んでいない……ということで『ぼったくり』で呑む約束をしたのだ。少し前に、『終わったから行く』というメッセージが来ていたから、そろそろ現れるだろう。

「はいお待たせ、いつものね！」

そんな言葉とともに目の前に置かれたのはラドラー――ビールをレモンソーダで割った飲み物だ。来るたびに注文するせいで、『いつもの』で通るほどになっている。

今日は冬にしてはずいぶん気温が高く、普段から汗かきのカンジはTシャツの背中が濡れるほどだった。もちろん喉もカラカラで、それを察したのかいつもより一回り大きなグラスが使われている。ありがたいと思いつつ、カンジはさっそくグラスに口をつけた。

　ビールの苦みのあとからレモンソーダの酸味とかすかな甘みが追いかけてきて、みるみるうちに喉の渇きが治まっていく。酒に強くないカンジにとって、軽くて呑みやすいラドラーは『ぼったくり』の魅力のひとつだった。

「カンジさん、突き出しも食べて！　どうせお腹は空っぽなんでしょ」

　店主の妹である馨が、声をかけてくる。馨はカンジより年下なのだが、以前からずっと姉みたいな口をきいていた。昨年末に結婚してからその傾向に拍車がかかり、今ではまるで母親だった。

　慌てて箸を割って突き出しを食べる。白っぽいものの中に黒いなにかがまぜられている。もしかしたら白和えだろうか……

　正直、擂り潰した豆腐に具材を入れて作る白和えは、苦手ではないがラドラーには合わない気がする。それでも、この店の常連は常々『この店は水一杯とっても不味いものは出さない』と言い切る。もちろんカンジにも異論はなく、出されたものの正体がさっぱりわからない、あるいは飲み物との組み合わせに疑問を抱いても、食べるのをためらうことはなかった。

「あーチーズか、これ」

「そうでーす。まぜるだけの簡単『ぼったくり』料理でーす！」

歌うように馨が言う。

豆腐かと思った白い部分はクリームチーズ、そして黒っぽいものは塩昆布だった。

滑らかなクリームチーズの舌触りと少し硬くて塩気のある塩昆布……ラドラーにはぴったりのつまみである。カンジにでも簡単に作れそうだが、この和洋折衷の組み合わせを思いつくこと自体が難しい。おそらく考えたのは美音だろうが、さすがとしか言いようがなかった。

「旨いっすねえ……。クリームチーズと塩昆布ってこんなに合うんだ」

「そう。クリームチーズは塩分が少ないから、塩昆布と合わせるとおつまみにぴったりなんだよ」

「塩分が少ないのか……じゃあ、猫とかでも大丈夫かな」

「やめたほうがいいんじゃない？」

そこで口を開いたのは、カンジの隣に座っていたアキだった。

アキも『ぼったくり』の常連のひとりで、アキラ同様五匹の捨て猫のうちの一匹を引き取って育てている。確か名前は『マッジ』、好奇心が旺盛でちょっとやんちゃな雄猫だった。

「猫ちゃんはチーズが好きだけど、あげるならちゃんと猫ちゃん用のやつにしないと」

「やっぱり人間用のはだめっすか」

「人間用のは塩分が多すぎたり、お腹を壊したりするかもしれない。それにカンジさんが言うからには、ミクちゃんのことでしょ？」

「あーうん、そうっす」

「ますますだめよ。チーズはカロリーが高いもの。どうしてもあげたいなら、その分普段のご飯を減らさないと。でもそれってミクちゃんには難しいよね？」

「ミクっていうか……アキラさんに難しいかも」

「だよね。だったらやめておいたほうがいいわ。今までもらってなかったんだから平気でしょ。下手に味を覚えさせるほうがかわいそう」

「なるほど……さすがアキさん……」

「伊達にマツジと暮らしてないわよ。長く一緒にいたいからこそ、心を鬼にしてでも健康を気遣わないと」

「いろいろ考えなきゃならないことがありますよね。やっぱり俺には無理かなあ……」

「え、カンジさん、猫ちゃんに興味があるの？」

「アキラさんを見てるとつい……っていうか、家に帰ってもひとりじゃない、っていうのがいいのかも……」

ごくたまにではあるがふたり一緒に、アキラのアパートに入ることがある。アキラがドアを開けると、ミクがのっそり出てくる。鍵を開ける音がするなり飛び出してくる、という感じではないが、とりあえず出迎える気持ちはあるらしい。アキラは、玄関まで来たミクを嬉しそうに撫でる。そんな光景を目にするたびに、出迎えてくれる存在があることに羨ましさがこみ上げるのだ。

「わかるわー。『ひとりじゃない』って感じは欲しいよねー。ワンちゃんだと全力でかまってあげなきゃならない気がするけど、猫ちゃんとは適度な距離を保てそう……となると、やっぱり猫ちゃんをお迎えしたくなるよねー」

猫を『お迎えする』という言葉に、アキの向こうに座っていたシンゾウが苦笑する。

「『お迎え』ねえ……近頃はずいぶんペットについての表現も変わったな」

「そりゃそうよ。猫ちゃんもワンちゃんも家族の一員、『飼う』なんて言いたくないよ。それ以上にいやなのは『買う』だけど。ある程度は仕方ないとはわかってても、売買のために無理やり増やすのはちょっと……。そういう人たちってお金が目的だから、愛情も微妙だし……」

「あー……それな。最近、雑誌とか新聞とかでもよく問題にされてるみたいだな」

シンゾウが大きく頷いた。どうやら彼は、ペットショップやペットブリーダーからひどい扱いを受ける犬や猫、さらには売れ残ったときの行く末について書かれた記事を読んだばかりらしい。

「狭いところに何十匹も詰め込んで、とどのつまりはぜんぶ放り出して逃げたとか、あんまりだろ」

アキも憤慨(ふんがい)したように言う。

「ちゃんとしたところが多いけど、ひどいところは本当にひどいらしいからね……。そもそも、猫ちゃんだって人間だって同じ生き物だし、命をお金でやりとりすること自体がちょっとね……」

「人身売買はものすごく批判するのに、ペットは平然と店で買う。人間ってのはかなり勝手だよな」

「そうっすかねえ……」

思わず漏れた言葉に、アキがこっちを向いた。

「なに、カンジさんはペットショップ肯定派?」

「俺の場合、やっぱりペットショップがなかったら困るかと……」

アキの叱りつけるような眼差しにたじたじになりながらも、カンジは反論を試みる。アキやシンゾウの言いたいことはわかるが、ペットショップに頼らざるを得ない人がいることは間違いない。

たとえば自分がペットを『お迎え』するとしたら、真っ先にペットショップに行くだろう。

なにせ、アキラやアキのように、タイミングよく捨て猫、しかも子猫に出くわす確率はものすごく低い。かといって成体の野良猫を捕まえられるのは、よほどの熟練者だろう。カンジだけではなく、たいていの人には無理に違いない。

では人からもらうという方法はどうかといえば、それもかなり難しい。

一昔前なら、家の中と外を自由に行き来させている人も多かったから、うっかり子どもが生まれることもあったかもしれないが、今は事情が違う。健康管理の一環として避妊手術を施す場合も多いし、そもそも外には出さない。結局、家族としてであろうとペットとしてであろうと、猫と暮らしたいと思ったらペットショップに頼るしかない、とカンジは考えていた。

「それに、餌やグッズだってペットショップで買う人が多いっすよね？　世話の仕方だってペットショップならちゃんと教えてくれるし……。なくなったら困る人、いると思うっす」

「なるほど……一理あるな」

「確かにね。あたしも、マッジの具合が悪ければ獣医さんに行くけど、ご飯を食べる量が減っちゃった、とか、おもちゃに飽きちゃった、とかなら、ペットショップで相談することのほうが多いわ」

シンゾウとアキに肯定され、カンジはほっとする。それでも、カンジがペットショップのすべてに賛成しているかというと微妙だ。なによりのネックは、子犬や子猫のケージに掲げられている値札だ。どうかするとカンジの一ヶ月の給料を軽く上回る数字を見ると、命の価値だとわかっていてもついついうなだれてしまう。

「なんにせよアパートはペット禁止だから、今の俺には猫を『お迎えする』のは無理なんすけどね」

「そっか……ペット禁止か……それは厳しいね」

「でもよーカンジ。もしもこの前みたいにそこらの公園に猫が捨てられてたら、あんたはどうする？」

「どうするって……？」

「猫を引き受けるために、ペット可の部屋に引っ越ししたりするのか？」

「そうっすねえ……引っ越しとペットショップの両方は無理だけど、引っ越しだけならなんとかなるかも。もうすぐアパートの契約も切れるし、更新せずに引っ越すって手はありっす」

聞くなりアキが、明るい声を上げた。

「あ、更新時期なんだ。だったら簡単でしょ」

「簡単……っすか？」

「うん。まず、ペット可のとこに引っ越す。で、頑張ってお金を貯めて猫ちゃんをお迎えすればいいじゃない。ペット不可の部屋に猫ちゃんと暮らすことはできなくても、ペット可の部屋に一人で住む分には文句は言われないもん」

「いつでも飼えるように、か……。備えあれば憂いなし、だな」

「だからシンゾウさん、『飼える』じゃなくて……」

「すまん！　『お迎えする』だったな」

あくまでも家族扱いするアキに、シンゾウはあっさり頭を下げる。年を取るにつれて頑固になっていく人が多い中、娘みたいな年齢のアキに素直に謝れるところがすごい。

とはいえ、今はそんな話ではない。アキの言った『まず引っ越す』について考えてみなければならない。家賃が今より上がってしまったら、猫を『お迎えする』費用だって貯めにくくなる。それに、カンジは今、アキラのアパートの近所に住んでいるから、困ったことがあればすぐに相談できるけれど、引っ越し先によってはそれもできなくなる。なによりミクに頻繁に会えなくなるのは辛い。自分の猫を手に入れようが入れまいが関係ない。子猫の頃からずっと見てきたミクは、カンジにとっても大事な存在だった。

「ペット可の物件って、たくさんあるんですかねえ……」

「増えてるんじゃない？　あと、はっきり書いてなくても確認してみたらＯＫってこともあるし」

「そっかあ……一度、不動産屋さんに行ってみようかな」

「それがいいよ。相談だけなら無料だし、いい部屋があったら引っ越す、ぐらいの気持ちで」

「こんばんはー。お、カンジ、もう来てたか！」

そこに入ってきたのはアキラだった。

「待たせて悪かったな。よその現場で部材が足りなくて、届けに行ってたら遅くなっちまった」

「あー……欠品ですか……」

「欠品っていうより、見積もりミスだな。配管カバーはいらないって話だったのに、いざ工事を始めてみたらやっぱり見てくれが悪いから付けてくれって言われたそうだよ」

「配管カバーぐらい持ってなかったんですか？」

「標準仕様ならあったらしいが、壁の色が特殊で浮いちまうから別の色でって話になったんだとさ」

時刻も遅くなっているし、日を改めてと言いたいところだったが、たまたまアキラが近くにいて、その現場に必要な色の配管カバーを持っていたから届けに行ったらしい。

「それはお疲れさまでした。でも、近くにいてよかったっすね」

「よかねえよ。一手間増えちまった」

「それでも、日を改めてとなったらスケジュールを組み直さなきゃならないし、そうなったら俺たちにも影響が出るじゃないですか。遅くなったっていってもせいぜい三十分ぐらいのことでしょ？　会社全体のことを考えたら、今日の仕事を今日のうちに終わらせるほうがずっといいですよ」

「……まあな」

そこでアキラはひどく嬉しそうに笑った。シンゾウも感心したように言う。

「会社全体のことを考えたら、か……。カンジもいっぱしになったもんだ。それってのも、アキラの仕込みがよかったからこそだな」

「いいこと言いますね、シンゾウさん。やっぱ、俺のおかげですよね？　カンジ、せいぜい俺に感謝するんだぞ」

「あーあ……自分でさえ言わなきゃ、完璧なのに……」

アキの言葉に、シンゾウも噴き出している。カンジに言わせれば、そうやって完璧になりきれないところこそがアキラの良さだが、面と向かって口に出すのは気恥ずかしい。そんなカンジの気持ちを察したように、美音が口を開いた。

「わざわざ口に出さなくても、カンジさんはちゃんとアキラさんに感謝してるし、きっと尊敬もしてます。そうでなきゃ、こうやって待ち合わせて呑みに来たりしないでしょ？」

にっこり笑って問いかけられ、カンジはこっくり頷く。ふん、と鼻を鳴らして、アキラはカンジの隣に腰を下ろした。

「ならいいってことよ。それはそうと、不動産屋がどうこう言ってたけど、おまえ引っ越すのか？」

「俺もいつかはミクちゃんみたいな猫と暮らしたいなーと思ってるんす。で、今その話をしてたら、まずはペット可の部屋に引っ越したらどうか、って言われて、それもそうかーって」

「なるほど、先に引っ越すのもありだな」

「とはいっても、あんまりアキラさんとこと離れたくないし、近くに似たような感じのアパートがあればいいんですけどね」

「俺んとこと離れたくない、か。嬉しいこと言ってくれるじゃねえか。まあ、うちのアパートなら犬でも猫でもネズミでも何でもござれだし、多頭飼いも可。なんてったって、うちの大家は動物園の園長さんだし」

「はあ⁉ そうだったんすか？」

そんなの初耳だ、と驚くカンジに、アキラはしれっと返す。

「言ってなかったか？ 園長とはいってもずいぶん前に退職してるけどな。もともと親から受け継いだアパートだそうで、税金分だけ補えれば十分ってことで家賃も安いし、動物好きは折り紙付きだし、世話もお手の物。困ったときは相談してくれって言われてる。ただし、家は傷つけても動物を傷つけるのは御法度(ごはっと)、って人だ」

「うわあ……理想的。そんな大家さんがいるんだ……」

いっそあたしもそこに引っ越したいぐらいだ、とアキは言うが、そもそもそんなペット天国のようなアパートは人気が高いに決まっている。カンジのアパートの契約更新は来月だし、それまでに空室は出ないだろう。

「残念っす。もうちょっと早く聞いてれば、空き待ちをしたのに……」

カンジがため息まじりに言うと、アキラはちょっと考えたあと言った。

「そういや、俺の部屋と同じ階に猫主（ねこぬし）がいるんだけど、近々引っ越すって話を聞いたような……」

「『お迎え』の次は『猫主』ときたか！」

聞き慣れない言葉第二弾だ、とシンゾウが天井を仰ぐ。さすがにそんな言葉はカンジも聞いたとはないし、アキもきょとんとしている。おそらくアキラの造語だろう。

「猫の主人だから『猫主』だよ。それはそうと、もしもその人が引っ越すなら空室が出るはずだ」

「でも、そんな条件がいい部屋なら、とっくに次の人が決まってるんじゃない?」

今は、部屋探しだってインターネットを駆使する時代だ。空室が出るとわかった段階で不動産屋に連絡すれば、すぐにインターネットサイトに掲載される。このご時世、内覧すらもネットで済ませて、そのまま契約してしまう人だっているだろう、とアキは言う。

けれど、アキラはあっさり首を横に振った。

「うちの大家は、そういう意味ではかなりのんびりしててさ。部屋が空いたら手入れして、前に住んでた犬やら猫やらの名残もちゃんと消してからしか、次を入れない。どの程度の手入れが必要かは、今の住人が出てからじゃないとわからない。だから、たぶんまだ次は決まってないと思う。ただし、カンジが大家のお眼鏡に適うかどうかはわからん」

「うわー人物鑑定もありっすか!」

「当たり前だろ。特におまえは今現在猫と暮らしてるわけじゃない。今後ちゃんとした『猫主（ねこぬし）』になれるかどうか、長年の経験と勘から見極めて、これなら大丈夫ってならない限り……」

「俺、たぶん無理っす……」

猫をかわいがりたい気持ちはたっぷりある。それだけに、最初のころのアキラのように野放図に餌を与えて、メタボ一直線にしてしまう可能性もなきにしもあらず。そんな自分が、厳しい審査に通る気がしない。

「そんなのわかんねえだろ。なんなら、俺が大家に連絡してやろうか？」

「いいっす……。もう動物と暮らすことが決まってて部屋を探してる人に悪いっす。もともとそんな人のためのアパートなんだろうし……」

大家だって、もう猫と暮らしているか、暮らすことが決まっていて部屋を探している人に貸したいはずだ。猫と暮らせればいいなあ……程度のカンジなんて、お呼びじゃないだろう。

「おまえ、本当に気のいいやつだな。大丈夫だよ。うちのアパートに、絶対動物と暮らさなきゃなんねえなんて決まりはない。そもそも俺って前例があるし」

そこでカンジははっとした。確かに、アキラがこのアパートを選び、大家の審査をパスしたこと自体不思議だ。もともと動物との暮らしなど考えてもいなかったはずなのに……

「アキラさんはどうしてあのアパートを選んだんすか?」

「俺は単に立地と家賃、あと近くに時間貸しの駐車場があるかどうか」

「あーそれは大事っすね」

カンジとアキラの仕事は車が必須だ。会社所有の車を使っているにしても、現場が遠くて朝早く出かけたいとか、日中でもちょっと自宅に立ち寄りたい、となったときに、近くに止められる場所がなければ困る。かといって常時使うわけではないから駐車場付きの物件を借りるほどではない。となれば、時間貸しの駐車場の有無は重要な条件だった。

「そういや、アキラさんちの近くの駐車場、めちゃくちゃいいっすよね」

「おう。最大料金の設定があって一晩置いてもとんでもない料金にはならねえし、けっこうでかい立体駐車場だからいきなり潰してビルを建てるってこともなさそうだ。工事用のワンボックスでも楽に止められて、管理人もいるから荒らされる心配もない。言うことなしだ」

「ふーん……じゃあ、いつかは猫ちゃんと暮らそうなんてこれっぽっちも考えてなかったんだ……。それなのにそんなペット天国みたいなアパートに当たるなんてすごいよね」

羨(うらや)ましすぎる、と歯ぎしりしそうになっているアキに軽く微笑み、アキラは言う。

「ほんとにラッキーだったよ。おかげでためらいなくミクを引き取れたからな。もしもあの時点でペットはだめって部屋に住んでたら、引っ越してまで引き取ろうとは思わなかっただろうし」

「あたしも自分の部屋の契約書を引っ張り出して見たら、『小動物可』としか書いてなくて、おっかなびっくり管理会社に電話したよ。猫なら大丈夫です、って言われて本当にほっとした」

そしてアキは豪快に笑った。

「今となれば、今更マッジのいない生活なんて考えられない。あのときの出会いには本当に感謝してるわ」

そこでアキは、美音と馨に頭を下げる。

「ありがとう。あのとき、あの子たちを世話してくれて」

「まったくだ、ってことで、カンジ。猫はいいぞー」

結論はそこか、ってか今更か！　と言いたくなるような台詞でアキラは笑い、言葉を続けた。

「明日にでも大家に連絡してみるよ。どっちにしたって契約更新は来るんだし、うちのアパートがだめならほかを探すか、諦めてそのまま住むってことで」

それでいいな？　とアキラに念を押され、カンジはこっくり頷く。アキラと同じアパートに引っ越せば、自分が猫と暮らせなくてもミクがいる。あまりに頻繁だと煩わしがられるにしても、同じ建物の中にミクがいる、と思うだけで嬉しくなる。それよりずっと嬉しいのは、アキラの存在だ。

独り立ちしたとはいえ、仕事上の悩みはたくさんある。本当に困ったときにすぐに頼れる先輩が近くにいてくれるなんて心強いことこの上なかった。

「……お願いするっす」

「任せとけ。おまえがめちゃくちゃいいやつだって、しっかり売り込んでやるからさ」

アキラが手を伸ばして、カンジの頭をぐりぐり撫でる。入社してアキラが指導役についてくれたころ、ときどきこんなふうに頭を撫でられた。アキラは厳しい先輩だったけれど、それがどんな些細な作業でも、きちんとできたときはしっかり褒めてくれた。最初は子ども扱いされているのか、と憤慨しかけたけれど、そうやって撫でてくれるアキラの目は心底嬉しそうに笑っていて、カンジの成長を喜んでくれていることが実感できた。この人についていこう、この人ならきっと俺を一人前の工事屋にしてくれる、と信じられたのだ。

久しぶりのアキラの手は、あの頃とちっとも変わっていない温かさで、カンジへの信頼すら感じられる。おまえなら大丈夫、と言ってくれているのだ。

「うまくいくといいね。部屋が決まったら、あとは猫ちゃんを探すだけ！」

「アキさん……そんなに簡単に言わないでください。難しいのはむしろそこからっす」

現状、猫との暮らしを得るにはペットショップに頼らざるを得ない。今ある貯金の大半は引っ越しで消えそうだし、しばらくは残業覚悟で働きまくってお金を貯めるしかないだろう。

「先は長いっすねえ……」

そのとき、ずっと黙って話を聞いていたシンゾウが口を開いた。

「まあ、そんなにしょげるな。この話が決まれば、条件の半分は達成だろ？　人も縁なら猫も縁。どれだけ金があっても縁がなければ出会えないし、この前の子猫たちみたいに、金なんぞまったくなくても転がり込んでくることもある。のんびり待つことだ」

「そうします、っていうか、それしかできねえっす」

「だよな。大丈夫、おまえは『のんびり』が大得意だし」

アキラの言葉でみんなが一斉に笑う。しばらくはどこを歩いても、猫が捨てられていないか探してしまいそうなカンジだった。

翌日、カンジのスマホが賑(にぎ)やかに着信を知らせた。

画面に表示されているのはアキラの名前、待ちに待っていた連絡だった。

「起きてたか？」

開口一番のアキラの台詞(せりふ)に、思わず時計を確かめる。時刻は午後二時十分、いくら夕べ帰宅したのが深夜の十二時過ぎといっても、朝の九時には起床していた。なにより、アパートの話がどうなったか気が気でなく、寝ていられなかったのだ。

「起きてるっす、てか、朝からちゃんと起きてました」

「そうか。もしかして連絡を待ってたか？」

「ええまあ……」

「すまねえ。朝から大家に電話してたんだが、なかなか出てくれなくて。やっとさっき繋がった」

「そうだったんすか。すみません、面倒かけて……」

「なんのなんの。言い出しっぺはこっちだし。でな……」

アキラの話によると、アパートに空室が出るのは間違いないし、次の住人もまだ決まっていないらしい。すでに動物を飼っているかどうかは問わないが、同じアパートで暮らす動物たちに悪さをするような人物であっては困る。とにかく一度会ってから、と大家は言ったそうだ。

「最近ストレスかなんか知らねえが、見ず知らずの犬や猫にとんでもねえ悪さをするやつがいる。万が一にもそんなことになってほしくないってんで、俺が入ったときよりずっと厳しく住人を選ぶようになったらしい」

「はあ……大変な世の中っすねえ……」

「まったくだ。で、大家が会いたいって言ってるんだが、おまえの都合は？」

「今すぐでも行けるっす」

「だろうな。じゃ、三時に俺の部屋に来い。大家には連絡しとく」

そう言うと、アキラは電話を切った。カンジは慌てて着替え、鏡をのぞき込む。少しでも動物好きかつ善良そうに見えるようにしなければ、と考えかけて笑い出す。

――相手は、言葉をしゃべらない動物の気持ちまで見抜くようなプロだ。外見をどれだけ取り繕（つくろ）っても無駄だよな。俺は俺でしかないし、動物のプロに、こいつはだめだって思われるなら、諦めるしかない。なにより、そんな『猫主（ねこぬし）』じゃ、猫がかわいそうだし……

ある意味腹をくってアキラのアパートに急ぐ。

約束の午後三時よりも十五分も早く到着してしまい、どうしたものかと迷ったものの、そのままインターホンを押した。

「カンジかー？　鍵は開いてるからそのまま入ってこいよ」

アキラの声にためらわずドアを開ける。来ることがわかっているときは、こんなふうに鍵を開けっ放しにしていることが多く、カンジにしてみれば『勝手知ったる』状態だった。

「失礼するっす……お……？」

入ったところにミクがいた。しかも、玄関にちょこん……いや、どっかと座り、まるでカンジを待ち受けているようだった。

「どした？」

靴を脱ぐなり抱き上げると、ミクは軽く擦り寄るような仕草までする。こんなミクは珍しい。何事だろう、と思いながら入っていくと、そこには見知らぬ人物――たぶん、これがこのアパートの大家だろう。アキラは……と見回すと、トイレの明かりがついている。

なんだ、そういうことか、とカンジは噴き出しそうになった。

アキラがトイレに入り、見知らぬ男と一緒に残されたミクはちょっと不安になってしまった。そこにインターホンのチャイムが鳴り、アキラが『カンジ』という名を口にした。やってきたのは主(あるじ)の『舎弟(しゃてい)』と察したミクは、これ幸いと玄関に出てきた、というわけだ。

「おまえにも、そんなところがあるんだな」

顎(あご)の下を掻いてやりながら言ったところに、水がざーっと流れる音がして、アキラが出てきた。

「すまん、すまん。ちょっと催しちまった。あ、田賀さん、こいつがカンジです。カンジ、こちらがここの大家さん」

「お忙しいところをわざわざありがとうございます」

ぺこりと頭を下げると同時に、ミクがぴょんと飛び降りてアキラのもとに向かう。そりゃそうだ、と苦笑し、改めて田賀を見ると彼はひどく優しい目でカンジを見ていた。

「こちらこそ、お呼び立てして申し訳なかったね。でも、もうわかった。カンジさんさえよければ、うちに住んでください」

「え……そんな簡単でいいんですか？」

アキラが素っ頓狂な声を上げた。無理もない。カンジがこの部屋についてからまだ二分ぐらいしか経っていない。田賀と顔を合わせてからはせいぜい三十秒だろう。それで人物審査終了、しかも合格と言われたら驚くに決まっている。

カンジ自身、合格は嬉しいがなにがなんだか……という気分だ。だが、田賀は満面の笑みで言う。

「もともとアキラさんの紹介なら、とは思ってました。この方はすごく面倒見がいいですが、同じアパートをすすめるのはよっぽどです。普通なら同じ職場、とりわけ後輩を近くに住ませたいなんて思いません」

「あ、そういうことか……。確かに、俺もこいつじゃなきゃほっときましたね」

「カンジさんもすぐ近くに住みたいって思うほど、アキラさんを慕ってらっしゃる。なにより……」

そこで田賀は、ミクを見てにっこり笑った。

「ミクちゃんを見ればわかります。ミクちゃんはけっこう気むずかしい猫ちゃんでしょう？　それなのに、カンジさんに抱っこされてあんなにリラックスしてました。私とふたりきりにされてかなり不安そうにしてましたが、あなたの名前を聞くなり玄関にすっ飛んでいきました。きっと、アキラさんの次に頼りになる存在なんでしょう」

「そうなの？」

思わずミクを見下ろす。ミクはいつもどおり、素知らぬ顔で毛繕(けづくろ)いをしている。

アキラが戻った今、カンジなんてお呼びじゃないといったところだろう。

「結構な勢いでしたよ」

「頼りにしてるかどうかはわかんねえけど、『次善の策』って感じはあるだろうな。ま、なんにせよ、これでおまえも『猫主（ねこぬし）』への第一歩を踏み出したってわけだ」

アキラは嬉しそうに言う。あとは、猫を探すだけ……だが、それこそが大問題だった。

「そうだ、田賀さん。どっかに引き取り手がなくて困ってる猫がいませんかね？」

アキラはおそらく、動物のプロならそういった情報もたくさん持っているのではないか、と望みをかけたのだろう。けれど田賀はちょっと考えたあと、残念そうに言った。

「ここで、『そういえばあそこに……』って言ってあげられればよかったんだろうけど、今のところそういう情報はありません」

「そうっすか……。やっぱり引き取りたい人間と引き取られたい動物はなかなかうまく出会えねえってことですかね」

「でしょうね。まあ、都やボランティアがやってる譲渡センターを使うって手もあるにはあるんですが……」

「譲渡センター？」

カンジがきょとんとする一方で、アキラが嬉しそうな声を上げた。

「あーその手があったか！　譲渡センターには面倒を見切れなくなった猫やら、そこらで拾われて持ち込まれた猫がいっぱいいるって聞くぜ。カンジも譲渡センターに行って相性の良さそうな猫をもらってくればいいじゃねえか」

「もらえるんですか？　無料で？」

「譲渡センターは金を取ったりしませんよね？」

アキラの問いに、田賀はとりあえずといった感じで頷（うなず）いたものの、すぐに説明を始めた。

「動物そのものにはかからないけど、ワクチンや去勢、寄生虫駆除なんかにかかる料金は実費になるよ。あと今はマイクロチップを入れたりするから、その費用も」

「マイクロチップ⁉　なんすかそれ？」

「おいカンジ、おまえ、仮にもこれから『猫主（ねこぬし）』になろうかってのに、マイクロチップも知らねえのかよ。普段家の中で暮らす動物は、うっかり外に出ちまうと帰れなくなることも多い。迷子になったときに探しやすいように、マイクロチップを入れとくんだよ」

「そうなんすか！　それは安心ですね。それに、そういうのってペットショップだって同じようにかかる金ですよね？」

　そこで田賀がぱっと目を輝かせた。

「あー嬉しいね。ちゃんとわかってくれてる。世の中には、それすらわかってくれない人がいてね。引き取ってやるんだから、ぜんぶ済ませてただでよこせ、とか……」

「そんなんじゃ、引き取ったあとの世話だって心配じゃねえっすか？　金がかかることならやらねえ、とか……。最悪病気になってもそのままほったらかすとか……」

「そうなんだ。ただ、譲渡センターだってそのあたりことはわかってるから、しっかり面接をしてこの人ならって思わない限り、動物を託したりしない。動物にとっての環境がちゃんと整ってるか、経済的な不安はないか、飼い主になにかあっても代わりに世話をしてくれる人がいるか、とかね」

「飼い主になにか……怪我や病気とかっすか？」

「それだけじゃなくて、急な出張とか、帰省とか……家を留守にしなけりゃならなくて、動物を連れていけない場合も含めてだよ。譲渡センターによってはひとり暮らしはだめってところもある」

「カンジはだめじゃねえか！　って、俺も無理じゃん」

ふたりともひとり暮らしだ。今まで、泊まりがけの出張はなかったけれど、この先もそうとは限らない。カンジたちの会社は、大規模マンションのエアコン工事をまとめて受注することも多い。家から通えない距離の場合は泊まりがけになるし、一週間かかりきりということだってある。

そんなことでは任せられない、と言われたらなにも言い返せないだろう。

「都内の譲渡センターは、ひとり暮らしはだめとまでは言わないけれど、気持ちとしては同じだろうと思う。譲渡センターにいる動物ってのは、たいてい一度は主と別れてる。そりゃあ、どうしようもない理由があったに違いないだろうけど、そんなの動物には関係ない。二度とそんな目にあわせたくないからこそ、厳しく審査するんだよ」

「俺、ミクに会えてよかった……」

「相性のいい猫に、しかも子猫のうちに出会えたのは本当にラッキーだったね。譲渡センターにも子猫はいないわけじゃないが、やっぱり子猫は人気だから競争率が高い。しかも手がかかるから、家族ぐるみで面倒を見てもらえるところが選ばれがちになる。ひとり暮らしで譲渡センターから子猫をもらい受けるのはかなり難しいと思うよ」

「ですよね……」

カンジは絶望的な気分になる。

大人の猫が嫌いというわけじゃない。だが、引き取られたばかりのころのミクを覚えているだけに、どうせなら子猫がいいという思いはある。五匹の中では一番風格があったとはいえ、やっぱり子猫ならではのかわいさがあったし、アキラのあとをちょこまかとついて歩く姿には、写真ではなく動画で残したいという気持ちがこみ上げた。今もカンジのスマホには、アキラに負けず劣らずミクの画像や映像がてんこ盛り状態で、これが自分の猫だったら……と思わずにいられない。

アキラとミクには深い信頼関係がある。それはきっと、子猫のうちに引き取って世話をしたからこそではないか。猫と暮らした経験がないからこそ、子猫から始めたいとカンジは考えていた。

「子猫と暮らしたいと思ったら、ペットショップに行くしかないってことかな……。だとしたら、相当先になっちゃうな……」

「そんなに肩を落とすなよ、カンジ」

「私も、どこかで引き取り手を探してる猫がいないか、気をつけておきます」

「お願いします」

「カンジさんは動物を大事にしてくれる方だと思います。そういう人には、きっといいご縁がありますよ」

そこで田賀は立ち上がり、玄関に向かった。アキラとカンジ、そしてミクが後ろからついていく。

「今いらっしゃる方は今月末で退去されます。部屋の様子次第ですが、丁寧に暮らしてくださってますから、そんなに大がかりな修繕は必要ないでしょう。入居できる日が決まったら連絡しますね。おそらく来月の半ばぐらいまでには入れるでしょう」

そんな言葉を残し、田賀は部屋から出ていった。アキラがカンジの肩をバンと叩いて言う。

「なにはともあれ、引っ越し先は決まった。よかったじゃねえか！」

「あ、はい……ありがとうございます。でも『猫主（ねこぬし）』になれるのはまだまだ先みたいです」

「それな……。でも田賀さんも探してくれるみたいだし、俺も気をつけとくよ。そうだ、『ぼったくり』の近くにもペットクリニックがあるし、そこにも頼んどいたらどうだ？　美音さんか馨ちゃんに言えば、話を通してくれるだろ」

餅は餅屋ではないが、引き取り手のない動物についての相談がペットクリニックに持ち込まれることも多いはずだ。アンテナを張っておいて損はない。そういえば、美音の夫の要の友人も獣医だった。ミクたちが拾われたときも、一ヶ月近く世話を引き受けてくれた。かなり大きなペットクリニックらしいから、捨て猫が持ち込まれることも多いのではないか、とアキラは言う。

「じゃあ俺、『ぼったくり』に行って頼んでくるっす」

「俺も行くよ」

「いやいや、そこまでアキラさんに面倒をかけるわけには……」

「乗りかかった船じゃねえか。それにあと一時間やそこらで開店だ。頼みごとだけじゃなんだから、売り上げにも協力してこよう」

「昨日の今日ですよ？」

「かまやしねえよ。昨日とは違うものを食えばいいし、同じものを頼んだところで旨いに決まってる。あ、そうだ……今から裏のウメさんとこに行って、クロに会うって手も……」

「あークロちゃん。あいつもミクに負けず劣らずツンデレですよね」

「ツンデレって言うな！　ミクは気高いんだよ」

「はいはい、そのとおりっす」

あくまでもミク贔屓（びいき）のアキラに苦笑しながら、カンジはどこかに自分を待っていてくれる猫がいることを祈っていた。


「ちーっす！」

アキラが、元気いっぱいに引き戸を開けて入っていく。あとに続いたのはカンジ、そしてウメだった。引き戸が開く音で顔を上げた美音が、満面の笑みで言う。

「あら、皆さんお揃いで。アキラさんとカンジさんは連勤ありがとうございます」

「ほんとだ。来る途中で会ったの？」

「いやいや、さっきまでウメさんとこにお邪魔してた」

「じゃあ、もしかしてミクちゃんも!?」

馨が歓声を上げる。馨の中では、アキラがウメの家に行く、すなわちミクを運動させる、ということになっているのだろう。そして、その考えは間違っていなかった。

「ああ。ウメさんに連絡したら、ちょうど今『トレーナー』のお嬢さんたちが来てるってんで、ミクも連れてきた」

『トレーナー』のお嬢さんたちというのは、『ぼったくり』の真裏にあるアパートに住む早紀とその親友のリンのことだ。ふたりはもともと同じ中学校に通っていたが、リンがそれまで住んでいた父親の社宅が取り壊しになったせいで引っ越した。仲良しのふたりが今後どこで会おうと悩んでいたとき、それならうちに来ればいい、とウメが言い出したのだ。若いふたりなら、メタボ気味だったミクとクロを遊ばせながら運動させられるだろう、という考えにみんなが賛同、それ以後月に一、二度ふたりはウメの家を訪れている。

早紀とリンが来ているからミクも一緒に連れてきては？　とすすめられたアキラは一も二もなく賛成し、ふたりと一匹でウメの家に行ったのである。

「で、今、ミクちゃんは？」

「うちにいるよ。早紀ちゃんたちにさんざん遊んでもらって、ご飯もしっかり食べて、気持ちよさそうに寝てたから、そのまま置いてきた」

「え、それって意味ないんじゃ……」

馨が心配そうに言う。無理もない。せっかく運動させてもらったのに、ご飯をしっかり食べては元の木阿弥(もくあみ)だ。なんのための運動だ、と思ったのだろう。だが、馨の言葉にウメは笑って答えた。

「大丈夫、しっかりとたくさんは違う。ミクちゃんに相応(ふさわ)しい量かどうかってのは、あたしたちがちゃんと確認したから。ま、あたしたちっていうより早紀ちゃんだけど」

「それなら安心。早紀ちゃん、そういうのもちゃんと考えてくれてるんだね」

「早紀ちゃんは、将来動物に関わる仕事がしたいんだってさ。だから猫だけじゃなくて、ほかの動物についても勉強してるみたいだよ」

「そっかーそれはいいことだね」

「ってなわけで、ミクはウメさんちで爆睡中」

「了解。ミクちゃんも、ウメさんちにはすっかり慣れてるから安心だね。クロちゃんもいるし」

「ああ。くっついて寝てたから、途中で起きても大丈夫だろ」

「ならよけいによかった。ゆっくりしてってね！　まずは座って。アキラさん、なに呑む？」

三人をカウンター席に案内したあと、馨は冷蔵庫からビールとレモンソーダを取り出す。カウンターの中では、美音がグラスに梅干しを入れている。ウメもカンジも飲み物の注文は一辺倒だから、訊（たず）ねなければならないのはアキラだけだった。

「うーん……今日は日本酒にしようかな」

「おや、珍しい。いつもはチューハイかビールなのに。いったいどういう心境の変化だい？」

冷やかすようにウメに言われ、アキラは軽く笑って答えた。

「今日は仕事をしてきたわけじゃねえから、喉もあんまり渇いてないし、たまにはゆっくり呑もうかなと。美音さん、なんかしっかりした酒を頼むよ。あんまり酔っ払わねえようなやつ」

「え、酔っ払いたくないのにしっかりした酒なんすか？」

思わず口をついたカンジの疑問に、アキラはさらりと答えた。

「軽くてすいすいいける酒って、呑みすぎちまうんだよ。ここで出てくる酒なら旨いに決まってるし、酔っ払ってミクを連れて帰れなくなったら大変だ」

「おや、偉いねアキラ。ちゃんとミクちゃんのことを考えてて」

「当たり前じゃねえっすか……てか、ウメさん、さっき家にお邪魔してたとき、カンジのことは『カンジさん』って呼んでたよね。それなのに、俺は『アキラ』なの？」

解せん、とこぼすアキラに、みんなが一斉に笑った。

「きっと、ウメさんにとってアキラさんは、息子みたいなものなんですよ。とりあえず、お酒をどうぞ」

そう言いながら美音が取り出した瓶には『雑賀　純米吟醸』、そして『辛口』

という文字があった。

「ぱっと見、雑貨かと思ったら『さいか』なのか。聞いたことない言葉だな」

アキラが首を傾げながら言うが、カンジも同感だ。近くにローマ字表記がなければ読めなかっただろう。だが、ウメは聞いたことがあるらしく、考え考え言った。

「人の名前じゃなかったかい？　和歌山かどっかの……そうだよ、確か酢を造ってるとこ……」

「さすがはウメさん……よくご存じですね。このお酒を造っている九重雑賀さんは、もともとはお酢造りから始まった蔵なんです」

「やっぱり！　でもどうしてお酒を？」

「それがなかなか面白くて……」

美音によると、九重雑賀はウメの言うとおり、酢造りから始まった蔵だが、酢を造るためには酒粕が必要ということで、よりよい酒粕を得るために酒造りに手を出したという。

和歌山は寿司発祥の地とされ、寿司と相性のいい酒を造るという目的も合わさり、『雑賀』という銘柄が生まれた。酢や出汁を使った日本料理にぴったりの『雑賀』は、今では酢と並ぶ九重雑賀の主力製品となっているそうだ。

「酢のための酒粕欲しさに酒まで造る……そこまでこだわる人が造ってるなら、さぞやいいお酒なんだろうねえ」

ウメの言葉に、美音は嬉しそうに頷いた。

「そうなんですよ！　あまり広くは知られてないみたいですけど、和食にものすごく合うお酒です。それに、お寿司にぴったりっていうのもすごいんです」

美音は得意げに語っているが、寿司に合う日本酒ならいくらでもあるだろう。同じ疑問を感じたらしく、アキラがすぐに訊ねた。

「え、でも寿司は魚を使ってるんだから、日本酒と合わせることは難しくはないだろ？」

「そりゃそうですけど、お魚じゃなくてお酢そのものと合うっていうのがすごいんですよ。少なくともそれを表看板にしているお酒なんて、私はほかに知りません」

「なるほどな。酢の物をつまみにでもぐいぐいやれる、ってことか」

「ぐいぐい呑むかどうかはその人次第です。すっきりしてとても呑みやすいですが、むしろゆっくり呑んで、お米の旨みをしっかり味わってほしいお酒です」

「そうかあ……ゆっくり呑む酒かあ……」

「はい。ってことで、どうぞ」

そして美音は、グラスに注いだ『雑賀』をアキラの前に置いた。徳利でもなく、グラスが白く曇ってもいない。おそらく常温、『ひや』というやつだろう。『ぼったくり』には、冷酒か燗のいずれかを好む客が多い気がするし、カンジの知る限り、アキラも冷酒派だったはずだ。常温なんて珍しいと思っていると、美音が説明してくれた。

「このお酒は、冷やしてもおいしくいただけます。でも『ひや』なら温度変化を心配せずに、のんびり味わうことができるんですよ」

「あーそういや、俺も時々冷酒を頼んだのはいいが、だんだん温くなって慌てることがあるよ。常温なら大丈夫だな。じゃ、早速……」

アキラはグラスをそっと持ち上げ、口に運ぶ。少しだけ口に含み、視線を斜め上に向けて味わったあと、嬉しそうに言った。

「さすが美音さん……。俺、この軽ーい酸味とか、きりっとした感じ、すごく好きだ。しっかり冷やしてあったらぐいぐい呑んじまっただろうな。俺はそんなに日本酒には強くないから、ちょっとずつ呑めるように『ひや』で出してもらって大正解だ」

「でしょう？　でもいくらゆっくりでも空酒はよろしくないので……馨、これお願い」

「はーい！」

それまで後ろに控えていた馨が、元気よく答えてカウンターの中に入っていった。

どんな料理を出してくれるのだろう、と待っていると、運ばれてきたのは直径三十センチほどの丸皿で、酢の物はもちろん、刺身や煮物、和え物といったいろいろな料理が並べられていた。

「おや、盛り合わせかね」

こういう出し方は珍しい、と喜ぶウメに、美音が答えた。

「ええ。せっかくだからいろいろなお料理との組み合わせを試していただこうかな、と思って……」

「ああ、それで。まるで皿鉢（さわち）料理みたいだね」

「あ、ばれちゃいました？　この間、高知のお酒や青海苔（あおのり）を使ったんで、ちょっと意識しちゃいました」

「なるほどね。でも、たまにはこういうのも賑（にぎ）やかでいいよ」

「ウメさんの分もご用意しましょうか？」

「あたしはいいよ。絶対食べきれないし」

年は取りたくないねえ、と残念そうにウメは言う。そこで口を開いたのはアキラだった。

「んなこと言ってないで、一緒に食おうぜ」

「でも、これはあんたの……」

「どう見たってひとりじゃ無理だよ。カンジとふたりがかりでもどうだか。それにカンジはもっとボリュームのあるものも食いたいだろうし。な、そうだろ？」

「はい。やっぱ俺、肉とかがっつり食いたいっす」

「やっぱりな。美音さん、こいつに鶏か豚でも揚げてやって。でもって、この盛り合わせは三人でつまもうぜ。シメに茶漬けや握り飯ってのもいいし」

「本当にいいのかい？」

「もちろん。こんなにいろいろあるんだから、みんなで食うのが正解。馨ちゃん、取り皿を頼むよ」

すぐさま馨が三人分の取り皿と新しい割り箸を持ってきた。

「まずは刺身……お、締め鯖（さば）がある！」

「やっぱりお酢との相性を見るなら、締め鯖ですよ」

「だよなあ……俺、好きなんだこれ。しかもこのちょっとレアな仕上がりのやつ」

ほくほく顔でアキラは締め鯖を取り皿に移し始めた。

断面は透明感のある赤、本当に軽く締めただけなのだろう。鯖は腐りやすいし、寄生虫の心配もある。この状態で出せるのは新鮮と安全の証、身も厚いから脂もしっかりのっているに違いない。

「旨そう……」

思わず漏れた声に、アキラが呆れたように言う。

「なんだよカンジ。おまえ、お子ちゃま口のくせに締め鯖は食うのかよ！」

「お子ちゃま口じゃありませんって、それに締め鯖は俺も大好物です」

「ちぇ。なんならぜんぶ食ってやろうと思ったのに」

「あたしはいいから、その分をお上がり」

「ウメさんは食ってください。俺が我慢します」

「なんだよ、ふたりして。それじゃあ俺が極悪非道みたいじゃねえか！　三人で仲良く分けっこだ」

渋々のように、アキラは締め鯖を三枚の皿に分ける。みんなで食べようと言い出したのは自分だから、今更撤回できないのだろう。

早速食べてみた鯖は、締め鯖というよりも酢の香りがする刺身という感じで、端っこをちょっと浸しただけで、小皿の醤油に脂が広がるほどだった。店で売られている締め鯖の中には、断面まで真っ白になっているものが多い。あれはあれで嫌いではないが、どちらかを選べと言われれば、断然こっちだ。食べ応えという点でも比べものにならなかった。

その後、アキラはどんどん食べ進め、ウメも量こそ少しだったがすべての料理を味わった。ふたりとも『ミニ皿鉢（さわち）』を大いに気に入ったらしく、美音を褒（ほ）め称（たた）えた。

そんな中、カンジは少し落ち込んでいた。なにせ、カンジが一番旨いと思ったのは醤油ダレで煮込んだ肉団子……。それすら、あとから出てきた鶏肉の竜田揚げには太刀打ちできない。熱々ということを割り引いても、肉汁たっぷりで醤油の中にニンニクと生姜（しょうが）が香る鶏肉に敵うわけがない、と思ってしまったのだ。

――これじゃあお子ちゃま口って言われても仕方がないな……

そんなことを思っていると、アキラが不意にこっちを見た。

「なんだよ、景気の悪い面しやがって」

「いや……やっぱり俺、お子ちゃま口なのかなーって」

「なんで？　あ、竜田揚げが旨かったからか！」

「そのとおりっす」

「馬鹿だなあ。そんなの当たり前じゃねえか。この盛り合わせは『雑賀』に合うように選ばれた料理だぜ？」

「だってウメさんも……」

「ウメさんは焼酎だろ。おまえが呑んでるのはラドラー。ビールとレモンソーダのミックスなら、竜田揚げのほうが合うに決まってる」

「そういうもんすか……」

「そういうもんだよ。それに、さっきは貶すようなことを言ったけど、お子ちゃま口が悪いとは限らねえ。好きなもんは好きでいいんだ。肉も猫も」

「なんでそこで猫が出てくるのさ」

唐突すぎる、とウメが笑う。唐突には違いないが、今日はアパートの大家と会って猫の話をしたあとクロに会いに行ったたし、そもそもアキラの頭の中にはいつだってミクがいる。アキラにとって『猫』は、本日一番のパワーワードなのだろう。笑い続けるウメに、アキラが言った。

「いやね、ウメさん。今日、カンジの引っ越しが決まったんすよ。来月半ばぐらいには、ペット可の部屋に移れる。これで『猫主（ねこぬし）』に一歩近づい……」

「え、決まったの!?」

そこにいきなり馨の声が割り込んできた。いつも元気な馨ではあったが、ここまで大きな声を出すところを見ると、かなり心配してくれていたのだろう。美音は美音で、ものすごく嬉しそうに言う。

「本当によかった……。これで猫ちゃんとの暮らしへのハードルをひとつ越えたってことですね」

「いったいなんの話だい？」

怪訝そうなウメに、アキラが事の次第を説明する。ところが、てっきり喜んでくれるとばかり思っていたのに、ウメはなぜか怒り出した。

「なんてこったい！」

「え……だめだった？　こいつには無理とか……」

アキラが心配そうに訊ねた。だが、ウメはアキラの問いには答えず、ぐいっと身を乗りだしてアキラの向こうに座っていたカンジに言う。

「あんたね、猫を飼いたいなら飼いたいで、もっと早く教えてくれなきゃ！」

「え、なんでっすか？」

「なんでっすか、じゃないんだよ！　あんたのことだから、ペットショップでどうこうするなんて余裕はないだろ？　引っ越しは物入りだから余計に」

「はい……実はそのとおりで……」

「なら、ますます惜しいことをした。あーそうと知ってたら、あんたを紹介したのに！　夕方からずっとうちにいたくせに、なんで言ってくれなかったんだよ」

「ちょっとウメさん、話が全然見えねえよ。みんなにわかるように説明してくれ」

「あ、うん、そうだね」

ウメによると、ついこの間、クロが世話になっているペットクリニックに猫の里親を探す貼り紙が出ていたという。人が近づいても逃げないし、ペットフードにも慣れているようだから、もとから野良猫だったわけではなく、捨て猫の可能性が高い、と書かれていたそうだ。

「あたしも気になって訊いてみたら、茂先生んちの庭に迷い込んできたんだとさ。しばらく様子を見てたけど、探しに来る人もいないし、迷い猫を探す貼り紙も出てない。マイクロチップすら入ってない。しょうがないから里親を探そう、ってことになったんだって」

「捨て猫なんてひどいことするね。それって子猫？」

「いや子猫っていうにはちょいと大きかったかな。でもチャタロウみたいなキジトラで、目がクリクリしてかわいい子だった。本当に人懐こくてね」

「そっか、子猫じゃないのか……」

うっかり呟いた言葉を聞きつけ、ウメがきっとカンジを睨んだ。

「あんたまでそんなことを言うのかい！　猫好きの風上にも置けないね！　そんなのばっかりだから、いつまでも里親が決まらないんだよ！」

ウメは毎日ペットクリニックまで確かめに行っているらしい。もう一週間にもなるのに、未だに貼り紙は剥がされていない。これ以上ここに置いても、里親が見つかる可能性は低いということで、保護センターに移そうかという話も出ているそうだ。

「そっか……保護センターならホームページとかにも載せられるもんね。見る人が多ければ、誰か引き取ってくれるかも、って思うよね」

馨がしんみり呟く一方、美音が辛そうに言う。

「捨てられて、茂先生のところに行って、ちょっと慣れたと思ったらまた保護センター……本当にかわいそう……」

「あーもう我慢ならない！　いいよ、あたしが引き取る！」

「えー⁉　ウメさんとこにはクロがいるじゃねえか！」

驚いて言うアキラをものともせず、ウメは宣言した。

「クロなら新入りが来たって虐めもいじけもしないよ。うちは一軒家だし、もう一匹ぐらい増えたところで……」

「だめだって！　猫にだって相性ってもんがある。絶対大丈夫なんて保証はないよ。それにクロは賢いから、ウメさんの気持ちを考えて自分が我慢しかねない。そんなの俺、耐えられねえよ」

甘えたくても擦り寄りたくても、新入りのことを考えて譲る。ウメの膝を新入りに取られても、少し離れたところで丸まって毛繕いをする……。カンジですら、そんなクロを想像しただけで涙が出そうになる。おそらくアキラも同じ思いだろう。

「そうだよね……クロちゃん、大人だし……そういうこともありそう……」

「やっぱりウメさんが引き取るのは、やめたほうがいいと思います」

「そうかい……あんたたちがそう言うならそのとおりかもしれない……」

姉妹の両方に止められ、ウメは肩を落とす。しばらく沈黙が続いたあと、美音が訊ねた。

「ねえ、カンジさん……。カンジさんは、どうしても子猫じゃなきゃだめなのかしら?」

「どうしても、ってわけじゃねえっすけど……」

「子猫ってかわいいですけど、お世話が大変ですよ。私たちなんて、一晩しか預からなかったのにへとへとになっちゃいましたから」

「いや、それは本当に生まれたてだったからでしょ? 普通はもうちょっと大きくなってから……」

ペットショップには適正年齢の決まりがあるから、目も開いていないような子猫を扱うことはない。保護センターにしても、生まれたばかりの子猫はボランティアに託すと聞いた。自力で排泄できないような子猫を引き取ることはないはずだ。

なにより、カンジには不安なことがある。それは、猫がちゃんと自分に懐いてくれるか、だ。

「それまで別の人に世話されてた猫が、俺に懐いてくれるかなって……」

「そんなの子猫でも同じじゃねえか。カンジが生みの親じゃないんだから、誰かの世話にはなる。ブリーダーとか、ペットショップの人とか、保護センターの人とか」

「うーん……でも、子猫ならあんまり覚えてないかも、って思っちゃうんですよ」

「おめえ、猫を嘗めるなよ！　子猫だって世話になったことぐらいちゃんと覚えてるよ」

「そうだよ。あたしは、要さんとお姉ちゃんが結婚することになるまでタクちゃんに会ってなかったけど、タクちゃんはあたしのことちゃんと覚えててくれたよ！」

「……だったら余計に、大人の猫は無理っす」

子猫ですらそれなら、大人の猫はもっと無理だ。とりわけ、誰かに捨てられて人間不信になっているかもしれない猫に懐いてもらえるとは思えなかった。

「わかった。どう考えようが、おまえの勝手だもんな。ただな、これだけ言っとく。懐いてくれるかどうか気にするぐらいなら、猫なんて飼うな。そこにいてくれればいい、って腹くくれるぐらいじゃなきゃ、猫に気の毒だよ！」

──そりゃアキラさんはそう言うよな。ミクちゃんがうんと小さいときに引き取ったんだから……

もちろんそんなことは口に出せない。だが、おそらく顔に出ていたのだろう。

アキラは、勢いよく立ち上がって言った。

「帰る！　ウメさん、悪いけどミクを引き取らせてもらっていい？」

「もちろん。あたしもこれで帰るよ」

そしてふたりは勘定を済ませ、振り返りもせず帰っていく。ついていくわけにもいかず、カンジはひとり、カウンター席に座り続けるしかなかった。

「カンジさん、お茶でもどうぞ」

見かねたように、美音がお茶を淹れてくれた。大きな湯飲みを両手で持ち上げ、一口啜る。温かくて苦い、それでもほんのり甘みを感じるお茶だった。

「美音さん、俺……猫を飼う資格がないんですかね……」

「そんなことはないと思うわ。だって、アパートの大家さんの面接にはパスしたんでしょ？」

「それはまあ……」

「だったら大丈夫」

「でも、アキラさんが……」

「あれはきっと、引き取り手のない猫がかわいそうすぎて、言いすぎちゃったんじゃないかしら。アキラさんのことだから、明日になったら謝ってくると思うわ」

「だといいんですけど……。来月から同じアパートに住むのに……」

「大丈夫、どうせ一緒に暮らすなら懐いてもらいたいって、当たり前の気持ちよ。むしろ、捨てられて人間不信になってるかも、って考えるカンジさんは、すごく優しいと思う」

「あー……うん、そうだね。あたしもそう思う。猫ちゃんの気持ちをちゃんと考えてるよ」

「それでも俺、やっぱり子猫のほうがかわいいって気持ちもゼロじゃないし」

「それこそ当たり前ですよ。人間だって赤ちゃんのほうがかわいいじゃないですか。人間も動物も、かわいいと思ってもらって、お世話をしてもらうためにあんなにかわいくできてるんです。大人のほうがかわいかったら、誰が大変な思いをしてお世話するものですか」

「そうっすね……」

「でも、アキラさんじゃないけど、猫だって相性があるっていうのも確かだよね。もしかしたら、茂先生のところにいるキジトラちゃんが、カンジさんと相性ぴったりってこともあるかもしれない」

「そうねえ……なんなら、お見合いしてみたらどうかしら」

「お見合い？」

「あ、知ってる！　保護センターって、相性を確かめるためにお見合いするんだよね。そうだ、カンジさんも一度キジトラちゃんに会ってみればいいよ。それでだめなら仕方ないし」

「会ってみたけどだめだったって言えば、アキラさんも許してくれますかね……」

「だから、アキラさんは大丈夫だって！　それよりキジトラちゃんよ。お姉ちゃん、茂先生のとこって、何時までだっけ？」

「確か七時……もしかしたらもっと早かったかも……」

「とりあえず、電話してみようか」

「ちょ、ちょっと待ってください！」

そこでカンジは、スマホを取り出して電話をかけようとしていた馨を止めた。

馨はスマホから手を離し、残念そうに言う。

「やっぱり子猫じゃなきゃだめか……」

「そうじゃなくて！　まだ引っ越したわけじゃないし……」

お見合いをしたところで、今すぐ引き取れるわけではない。なにせ、引っ越しはまだ半月以上先のことなのだ。

「うーん……半月か……それもうちょっとなんとかならないの？」

「たぶん無理っす」

「引っ越しまでこっそり飼うとか？」

「それはだめでしょう。それに、引き取られて半月で引っ越しなんてあり得ない。保護センターだって引っ越しの予定がある人はだめって言われるらしいわよ。

ちゃんと引っ越しを済ませて、猫ちゃんが落ち着ける環境になってからじゃないと引き取らせてくれないんですって」

「そっか……あ、でもとりあえずお見合いしてみて、大丈夫そうなら茂先生にお願いしてみるとか？」

「そうねえ……それがいいかも」

「それはさすがに……」

庭に迷い込んできた猫の里親を一生懸命探すぐらいだから、悪い人ではない。そもそも獣医なんだから動物が嫌いなわけがない。おそらく頼めば引き受けてくれるだろう。だからこそ、頼めない、頼んではいけない。そんな気がしてならなかった。

ところが、美音と馨はカンジの意見などどこ吹く風だった。

「大丈夫。茂先生なら、保護センターにお任せするより自分の手で里親を見つけたいって思ってるよ。だからこそ一週間も預かってるんだし」

「そうそう。見つけてすぐに保護センターに連れていくことだってできたのに、そうしなかったんですもの。きっと引き受けてくださるわ」

「茂先生のところ、七時までとはいってもぴったりに閉めたりしないよね？　土曜だから患畜さんも多いかもしれないし」

「そうね。とにかく行ってみたら？」

「お姉ちゃん、あたしも一緒に行っていいよね？　カンジさん、茂先生のこと知らないし！」

その時点で、時刻は午後七時十五分。馨は美音の答えも聞かず、外に出る。カンジは馨に腕を引っ張られるようにして、通りの先にあるペットクリニックに向かった。


「おかえりなさい」

美音が笑顔で迎えてくれた。

先ほどまで座っていたカウンター席はきれいに片付けられ、新しく箸と箸置きがセットされている。とりあえず馨と一緒に戻ってきたものの、再び席に着くかどうか悩むところだ。

だが、馨は当たり前のように椅子を引いて言った。

「お疲れさま、カンジさん。まあ、座って座って」

にこにこ顔の妹を見て、美音は成り行きを悟ったのだろう。嬉しそうな声を上げた。

「お見合い、成功だったのね！」

「うん。ばっちりだよ。まさかあんなにうまくいくとは思わなかった」

「俺もっす」

まるでドラマか映画のようだった、と自分でも思う。

もうすぐペットクリニックに着く、となったとき、中からキャリーケースを抱えた人が出てくるのが見えた。続いて、白衣の男性も出てくる。おそらく見送りに来たのだろう。

その姿を認めるなり、馨が大声で叫んだ。

「茂せんせー‼」

「うぉ？」

カンジたちに背を向けていた男が、振り向くなりにっこり笑った。

「なんだ、馨ちゃんか。びっくりしたよ」

「ごめんねー驚かせて！　先生、今日はもうおしまい？」

「ああ。さっきのが最後の患畜さん。あとは看板の電気を消して店じまいだ」

「店じまいって……」

お店じゃないでしょ、と馨が笑っている間に、カンジはペットクリニックの玄関ドアを確かめる。

もう決まっているかもしれないと不安だったが、ドアにはちゃんと『里親募集』と書いた紙が貼られている。キジトラ猫の写真も添えられているから、ウメが見たのと同じものだろう。貼り紙を確かめた馨が、早速茂先生に訊ねる。

「ね、先生、このキジトラちゃんの里親は、もう決まった？」

「あー……この子ね……。実は、朝からふたりほど見に来てくれた」

「もう決まっちゃったんすか!?」

自分の声の大きさで、思った以上に失望したことに気付く。最初は子猫がいい、大人の猫は自分には扱いきれない、と思っていたけれど、今すぐ一緒に暮らせそうな猫に心を動かされていたのかもしれない。

「そっか、決まっちゃったのか……」

ところが、残念そうに言う馨に、茂先生は盛大に首を横に振った。

「いや、それが決まってないんだ」

「どうして？　見には来たけど、この子はいらないって？」

「じゃなくて……」

茂先生によると、猫自身がいやがったとのこと。里親候補はいずれも女性だったが、ケージから出されても近寄ろうともしなかった。それどころか、里親候補が近づくなり、ものすごい勢いで逃げたそうだ。茂先生が捕まえて、抱っこさせようとしたけれど、猛烈にいやがってお話にならない。少し慣れれば……と時間をおいてみたが状況は変わらず、これはちょっと……とふたりとも諦めてしまったそうだ。

「えー……でも、人懐っこい猫だって……たぶん誰かに飼われてたんだろうって……」

「誰に聞いたの？」

「ウメさん」

「ああ、なるほどね。僕も最初は、おとなしくて人懐っこい猫だと思ってたんだよ。実際、僕やうちのスタッフにはよく懐いてたし、ウメさんも大丈夫だった。でも、一週間預かってるうちに気がついたんだ。この子、けっこう人を選ぶんだよ」

「どんなふうに？」

「こういう表現はどうかと思うけど……いわゆる中年女性をすごく嫌がる。嫌がるっていうより怖がってるのかな」

「中年女性……」

「うん。性別なのか年齢なのか……とにかく四十代から五十代で、ちょっとふっくらした女性。今日、来てくれた里親候補さんはふたりともそんな感じだったんだ」

「それだけ聞くと、優しそうだけど……」

「ふたりとも、ずっと前からうちに来てくれてる人だし、すごく優しいよ。ひとりはすでに一匹飼ってるけど、家族もいるし、もう一匹ぐらいなら……って来てくれた。もうひとりは、最近飼ってた子を亡くしてね。亡くした子にそっくりだから引き取りたいって……。この人たちなら安心だと思って会わせてみたけどだめだった。で、思い出したんだ、そういやうちのかみさんもだめだわ、ってさ」

茂先生の奥さんのことなどカンジは知らない。だが、馨がなるほど……という顔をしているから、きっと四、五十代のふっくらしたタイプの女性なのだろう。もともと苦手だったのかもしれないし、前の飼い主か、捨てられてから今までの間に、そういう風貌の人に虐められたのかもしれない。いずれにしても、その子の里親はそれ以外のタイプの人を探すしかない、ということだろう。

俄然勢い込んだのは馨だ。カンジの二の腕を引っ張って言う。

「先生、それなら、この人はどう？」

「え、里親候補さんだったの？」

「そうそう。あ、とはいっても、相性がよければ……って感じだけど」

「馨ちゃんところのお客さんかい？」

「うん。カンジさんっていって、アキラさんの後輩なの」

「アキラ……ああ、ウメさんやマサさんから聞いたことがあるよ。クロやチャタロウの兄姉猫を引き取った人だよね？　確か名前はミク……」

「さすが、茂先生！　そのミクちゃんのお父さんだよ。で、ミクちゃんもカンジさんにはすごく懐いてるし、お世話もばっちり」

「あの、馨さん……すごく懐いてるってわけじゃ……」

「ご謙遜。アキラさんはいつも言ってるよ。『俺が急に出かけなきゃならなくなっても、カンジがいてくれるからミクは心配ない』って」

「そんなことを……でも、俺、実際にひとりでミクを任されたことなんてないっすよ」

「そりゃそうよ。アキラさんのことだから、そうならないようにすごく気をつけてるでしょ。でも、そう思えるぐらい信頼されてるってことじゃない」

「そうっすかねえ……」

「そうなの！　だからね、茂先生。一回、この人をキジトラちゃんに会わせてあげて」

「もちろん。今なら診察室は誰もいないし、お見合いにちょうどいいよ」

そう言うと、茂先生はドアを大きく開けて、馨とカンジを中に入れてくれた。

診察室で待っているように言ったあと、奥のほうに歩いていく。おそらく預かっている動物たちの部屋が奥にあり、キジトラもそこにいるのだろう。

診察室には、ポスターがたくさん貼られている。いずれも犬や猫の予防接種や病気についての案内で、これから『猫主』になろうとしているカンジに必要な知識だった。片っ端から読んでいると、足音が近づいてきて、診察室のドアが開いた。

「ほら、お行き」

茂先生は、キジトラに声をかけながら床に下ろした。キジトラは足取り軽く、診察室の隅に置かれていたキャットタワーに向かう。いつもそこで遊んでいるに違いない。けれど、部屋の中程まで歩いたところで不意に足を止めた。おそらく、見慣れないふたりに気がついたのだろう。

「あら……この子、イケメンだわ」

ミクより二回り、クロと比べても一回り小さい。だが、小さいなりにバランスがとれた身体で、目鼻立ちも整っている。猫ばっかり集めたカレンダーに載っていそうな美猫だった。

「だろ？　イケメンだし、人懐っこいし、あんまりいたずらもしない。すごくいい子だよ。だから、すぐにでも里親が決まると思ってたんだけど、意外な盲点があったってわけ」

「カンジさん、どう……あら！」

「あははっ！　これはいい！」

馨は目を丸くし、茂先生は大喜びしている。それもそのはず、件のキジトラはキャットタワーよろしくカンジの背中をよじ登っていた。

「や、ちょっと待って待って……爪が痛いって！」

首をすくめるカンジにお構いなしに、キジトラは背中から肩に移る。そして、そのまま軽くジャンプしてキャットタワーに飛び移っていった。

「完全に『通りすがられ』ちゃったね」

「ここまであっさり近づくなら相性は悪くないかも」

「いや、こいつ、俺のこと梯子（はしご）かなんかだと思ってない？」

人間というよりも、道具のひとつと判断されたかもしれない。それってどうなの？と軽く落ち込んでいると、茂先生がキジトラを捕まえて渡してくれた。

「ちょっと抱っこしてみて」

「あ、はい……」

ミクよりもうんと軽い。でもミクと同じぐらい温かい。やっぱり猫っていいなあ……と思いながら抱っこする。キジトラはカンジの腕から逃げることもなく、あちこちを見回していた。

「いいじゃん、いいじゃん！　これなら行けるよ！　ね、先生？」

「そうだな……今日見に来てくれた里親候補さんたちに比べたら、段違いだ。そうかー、おまえ、男好きだったのか」

「せめてメスなら……でもまあ、嫌われるよりいいっす」

「そうだよ、嫌われるより全然いいよ。で、どうする？　この子引き取る？」

「いや、どうだろ……」

たった一回、しかもまだ五分も経っていない。さすがに、それで引き取ると決めるのは危ない、と思っていると、茂先生が言ってくれた。

「そりゃそうだ。カンジくん、明日は仕事？」

「いえ、休みです」

「じゃあ、明日も会いに来たら？　君の都合さえつけば、しばらく通ってきてもいいよ」

「それはご迷惑じゃ……」

「ぜんぜん。僕の勘では君なら大丈夫だと思う。でも、僕だけがそう思っても意味がないからね」

「それがいいよ。どうせ引っ越しはまだ先なんだし」

「引っ越し？」

そこでカンジは、自分の住宅事情を茂先生に説明した。

今はペット不可のアパートにいて、ペットを飼える部屋に移るのは半月先になる。キジトラを引き取れるとしても、それまでの間は預かってもらうしかない、と……

もしかしたら、断られるかもしれない。そのときは、それこそ縁がなかったと思うしかない。けれど、キジトラは当たり前みたいな顔でカンジの腕に収まっている。なんとかこのキジトラと暮らしたい、という思いが、刻一刻と高まっていく。もしもだめだと言われたら、立ち直るのに相当時間がかかる気がした。

茂先生は、カンジとキジトラの様子をじっと見ていたあと、ふうっと息を吐いて言った。

「いいよ。もしも君とこの子がうまくいきそうで、君が里親になるって決断してくれたら、引っ越しが済むまでの間、僕が預かる。その代わり、できる限り会いに来てやって」

「もちろんです！　毎日来ます。朝も夜も、現場さえ近ければ昼休みも！　あ、先生がお邪魔じゃなければ、ですけど」

「そんなに来なくていいよ。でも二日に一回は顔を見せてやって。そうすればこの子も安心するだろうから」

「わかりました！」

「あ、でもこれ、君が里親になるって決まったら、の話だからね。今日はこんなでも、明日はまた違う反応かもしれないし」

最後の最後で茂先生が念を押し、カンジとキジトラの第一回目のお見合いは終了した。茂先生に返そうとした瞬間、キジトラが「ミー」と鳴いた。キジトラが別れを惜しんでくれているようで、ひどく嬉しかったし、カンジもこのまま連れて帰りたかった。でもできない。一瞬の判断と勢いで引き受けていいほど、生き物の命は軽くないことぐらいわかっていた。

明日になっても、今日みたいに俺に優しくしてくれよ、と祈りながら、ペットクリニックを出てきたのである。

話を聞き終えた美音が、ほっとしたように言う。

「そう。とりあえず、今日のところはうまくいったのね。よかったじゃない」

「はい。このまま二、三日通わせてもらって、しっかり考えて決めたいっす。あ、でもこれ、俺だけで決められることじゃなかった……」

「そうね、カンジさんとキジトラちゃんと、両方がお互いを選ばないと」

「大丈夫だよ。あたしが見た感じ、お互いに一目惚れ状態だったもん」

「一目惚れ……?」

「あれはどう見たって一目惚れでしょ。カンジさんってば、さんざん子猫がいいって言ってたくせに、キジトラちゃんを見たとたん、目がハートになってたよ」

「ハートってことはねえっすよ」

「いやいやハートだったって。ぜんぜん目が離せなくなってたじゃん。キジトラちゃんだって、当たり前みたいにカンジさんを梯子(はしご)にしてたし」

「やっぱり俺、人間と思われてなかったんじゃ……」

本当に梯子か踏み段、あるいはちょっと大きめの動物だと判断された可能性もある。まあ、大きめの動物には違いないが、人間扱いされていなかったとしたら、かなり『とほほ』な話だった。

眉間に皺を寄せて考えていると、馨が呆れたように言った。

「なに言ってるの。猫はそんなにお馬鹿じゃないよ。大丈夫、あのキジトラちゃんは間違いなく『カンジさんちの子』になるって」

「そうなったら、ウメさんちの猫会メンバーも増えるのね」

きっと早紀やリンも喜ぶだろう、と美音は笑う。だが、カンジは先ほどのウメの厳しい表情が忘れられなかった。

「ウメさん……俺んちの子も預かってくれますかね……」

「当たり前じゃん。確かにさっきはちょっと怒ってたけど、カンジさんがキジトラちゃんを引き取ったって知ったら、絶対大喜びするよ。もちろんアキラさんもね。あ、そうだ……」

そう言うなり馨は、スマホを取り出して操作し始めた。

ウメにメッセージでも送ってくれるのだろうか、と思っていると、ポケットの中でスマホがポーンと鳴った。慌てて取り出して見ると、画面には『ぼったくりネット』という文字があった。

『ぼったくりネット』はSNSのグループに付けられた名前で、常連同士の交流とこの店についての情報を共有するために使われている。美音はほとんど関わることはないが、馨は『本日のおすすめ』料理の説明や、珍しい酒入荷など、かなり頻繁に書き込んでいる。

開いてみたメッセージには、『カンジさん、本日茂先生のところのキジトラちゃんとお見合い！　無事終了』とあった。

「え、ここに書き込んだんすか!?」

いくらカンジが常連のひとりだといっても、猫について書き込むのはちょっと違う。メンバーだって反応に困るのでは……と焦るカンジに、馨は平然と答えた。

「『ぼったくりネット』に、これを書いちゃだめ、なんて決まりはないし、嫌ならスルーすればいいだけ。それに、ここのメンバーは猫好きが多いんだから、猫の話題は大歓迎でしょ」

「にしたって……」

「平気だって。このほうが、ウメさんとアキラさんに別々に連絡するより手っ取り……うわ、もう来た！」

話している途中で着信音が鳴り、その後も二度、三度と続いた。馨とカンジ、そして美音……三台のスマホが音を立て、賑（にぎ）やかなことこの上なしだ。

「みんな、反応早すぎ！　あ、アキラさんから来た……ウメさんからも！」

アキラからは親指を立てた『いいね』ポーズのペンギン、ウメからはぺこりと頭を下げているカワウソのスタンプが送られてきた。すぐに『よくやった！　さすが俺の弟子！』『ありがとよ。落ち着いたらうちにも連れておいで』という文字も届いて、カンジは心底ほっとする。

ふたりのためにキジトラを引き受けたいわけじゃない。お見合いしてみて、本当にあの猫と暮らしたいと思っただけのことだ。それでふたりが喜んでくれるなら、こんなにいいことはなかった。

「一件落着だね。よかったよかった」

馨は嬉しそうにスマホをポケットに戻す。

実際には一件落着ではなく、低いハードルをひとつ、いやふたつ越えただけだ。それでも、こうやってひとつひとつ越えていけばいつかはゴールに辿り着く。

——鍵が開く音を聞きつけて、居間から出てくる。きっとミクよりも、素早い身のこなしだろう。もしかしたら走り出てくるかもしれない。カンジの足に身体を擦りつけてくるキジトラに、『ちょっと待ってな』と言い、猫缶を開ける。パッカン、という音にさらに興奮するキジトラ……

そんな光景を思い浮かべ、カンジはこれまでになく幸せな気持ちに包まれていた。

ワンプレートおせち失敗！

この話を書き終えた年の瀬、おせち料理を重箱に詰めようとした私はふと考えました。ひとつのお皿に様々な料理を盛り合わせた皿鉢（さわち）料理は絢爛豪華。あの方式を取り入れれば、重箱はなくてもいいのではないか、と。なにせ、冷蔵庫は既にいっぱいで重箱を入れる余裕はありません。かといって暖房が効いた部屋に放置したくない。皿鉢料理のようにすれば食べる直前に人数分のお皿を出して盛り付ければいいだけです。

ところがこれ、やってみると大変でした。色の取り合わせはもちろん、気をつけないとタレや肉汁がまじりあって味わいが台無し。しかも、各々が食べきれるように数の子を一切れ、黒豆を五粒、お煮染めも少しずつ……なんてやっていたら、絢爛豪華どころか食べ残しの寄せ集めみたいになってしまいました。

おせちには料理だけではなく、詰める段にも意味があります。それすら無視した私の試みは大失敗。来年からはちゃんと重箱を使おうと大いに反省する結果となったのでした。

クロケット

白身魚のソテー

ラクレット

グリーンサラダ

サーモンのカルパッチョ

ねぎらいの夜

最寄り駅に向かう途中にある家の庭に、白い花が咲いている。

樹木の名前に疎い哲であっても、さすがに梅と桜ぐらいは知っている。人によっては梅と桜の見分けがつかないこともあるようだが、枝にくっつくように咲くのが梅で、短い柄のようなものがついているのが桜だ。そもそも梅と桜は咲く季節が異なる。今は二月末だし、花に柄はない。すでに満開を過ぎて散り始めてもいるから、この花は梅に間違いないだろう。

――もうすぐ三月か……。風はまだまだ冷たいけど、春はすぐそこまで来てるんだな……

ぼんやりそんなことを考えながら通り過ぎた哲は、不意に『ぼったくり』のカウンターの隅に飾られていた人形を思い出した。それは、毎年節分が終わった頃に飾り始め、三月三日の夜に大急ぎでしまわれる親王飾り——男雛と女雛だけの雛人形だった。

『今日はお雛様をしまう日！』

毎年、三月三日になると、馨からそんなメッセージが来る。どうやら馨は、メッセージのやりとりを備忘録代わりに使っているようだ。いかにもちゃっかり者の馨らしい振る舞いだし、桃の節句を過ぎても雛人形を片付けずにいると婚期が遅れる、という古くからの言い伝えを気にしているところが面白い。

考え方も行動もどっぷり昭和、というかそれ以前みたいな美音ならともかく、現代っ子代表としか言いようのない馨が、雛人形をしまう時期を気にするなんて意外すぎる。それでも、姉妹が大慌てで親王飾りを片付けるところを想像するだけで笑みが浮かぶ。

あのドタバタが今年も近いのか、と思ったとたん、哲の頭にある考えが浮かんだ。それは、毎日仕事や家事に頑張ってくれている馨をねぎらうためになにかできないか、というものだった。

ちょうどそこで駅に着いた哲は、改札を抜けて電車を待つ列に並ぶ。歩きながらでは危ないけれど、立ち止まっていれば大丈夫……ということでスマホで検索を始める。ところが、検索窓に文字を入力し終わらないうちに、スマホにメッセージの着信を知らせるマークが表示された。

——あ、お義兄さんからだ……

画面には『佐島要』という文字が浮かんでいる。妻の義兄からメッセージなんて珍しい、と思って読んでみた哲は、思わずため息を漏らした。

——昼飯でも一緒にどうですか、か……。前にもこんなことがあったけど、俺、またなんかやっちゃったかな……

とはいえ、無視することもできない。すぐさま返信し、二、三度メッセージをやりとりしたあと、哲はスマホをポケットに戻し、ホームに滑り込んできた電車に乗り込んだ。

「哲君、こっちだよ！」

昼休み、会社近くのカフェレストランに入ったとたん、要の声が飛んできた。

あらかじめ、十二時を少し過ぎるかも、と伝えてあったため、あえてそうしてくれたのか、たまたまだったのかはわからないが、要は入り口のすぐ近くの目に付きやすいテーブル席に座っていた。

「すみません、遅くなって」

「いやいや、急に呼び出して悪かったね」

「とんでもないです。こっちこそ、会社の近くまで来てもらって」

「それは問題ない。もともとこっちに来る用事があったんだ。それで声をかけたんだし」

「あ、そうだったんですか。ならよかった」

「ってことで、なんにする？　今日の日替わりはクロケットだってさ」

「クロケット……ああ、コロッケのことですね」

クロケットというのは小さく潰した具材を丸めて、卵やパン粉をまぶして揚げたフランス料理で、日本におけるコロッケの語源とされているらしい。正確には具材の違いがあるのだが、具材を小さく丸めて油で揚げるという意味では同じだろう。

日替わり定食で、コロッケやメンチカツを出す店はあるけれど、あえて『クロケット』という名前を使うのは珍しい、かなりこだわりのある店なのだろう、と要は感心している。

要から昼食を一緒にと誘われ、会社の近くなら……と承諾した。その際、どこか店を知らないかと言われて、この店を指定したのは哲だったが、正直かなり不安だった。要は食い道楽だし、日本中、いや世界中でいろいろな料理を食べてきてもいるだろう。なにより、日常的に美音の料理を食べて、舌も肥えまくっているに違いない。

そんな相手といつも哲が使っているような定食屋に行くのは……と悩んだ挙げ句、思いついたのがこの店だ。ひとつでも感心してもらえるところがあってよかった、と哲は胸を撫で下ろした。

「お義兄さんはなんにしますか？」

「うーん……悩むな……クロケットも捨てがたいが、この白身魚のソテーっていうのも……」

「あ、それ結構おすすめです。白ワインとバターのソースがすごくいい感じなんです」

「ブール・ブランか！　じゃあ、おれはそれにする」

『ブール・ブラン』なんて聞いたことのない言葉だったが、おそらくそれが白ワインとバターのソースの名前なのだろう。さすがに博識……と舌を巻きつつ、哲も注文を決める。

「じゃ、俺は日替わりにします。食後にコーヒーか紅茶が付きますけど、どっちにします？」

「それって、日替わりじゃなくても付くの？」

「この店、ランチタイムに食事を頼んだ人にはサラダと飲み物が付くんです。前に聞いたら、どっかの農園と契約してるらしくて、普段は、サラダなんて草だ！　ってパスする俺の同僚が完食した挙げ句、おかわりできないのか、って言ったぐらい美味しいですよ」

「それは楽しみだな。じゃあ、おれは紅茶で」

フランス料理がメインらしいし、それだけこだわりのある店なら、さぞや紅茶にもこだわっているだろう、と要は言う。哲はいつも、当たり前みたいにコーヒーを頼んでいたが、フランスは紅茶文化が栄えた国だ。紅茶を試してみない手はなかった。

「じゃ、俺もそうします」

すぐに、店員が近づいてきて注文を取る。ばっちりのタイミングに、またしても要が感心する。

「忙しい時間帯だろうに、よく目が届くな」

「でしょう？　ランチにしてはちょっと値が張るんですけど、ここで食べると満足感がすごいんです。胃も心も満たされるような……」

「だろうなあ……。料理が旨いのは大前提だけど、いくら旨くても客あしらいが悪かったら来る気にならないもんな」

いい店を知ってるなあ……と再び哲を褒めたあと、要は、早速だけど……と話し始めた。

「あのあと、馨さんはどう？」

『あの』というのは、以前馨が体調を崩したときのことに違いない。自分の忙しさにかまけて馨に無理をさせ、さらに具合が悪いことにすら気付かなかったという最悪の事件……

あのときもこんなふうに要に呼び出された。まさか、また馨の体調が悪いのだろうか、と哲は不安でいっぱいになる。

「わりと元気にしてると思ってるんですが、なにかありましたか？　もしかして、お義姉さんが気にされてるとか？」

よほど心配そうに見えたのだろう。要は、ちょっと慌てたように答えた。

「いやいや、今のはただの世間話的なあれだよ。たぶん身体はどこも悪くなってはいないと思う。美音もなにも言ってないし」

「よかった……ちょっとびっくりしました。俺、本当に鈍感だから……。じゃあ、今日はなんで?」

「実は、ちょっとあのふたりにサプライズを仕掛けようかと思ってさ」

「サプライズ?」

「うん。おれと君で料理を作って、奥様方をもてなす」

そのあと要が話してくれたのは、きっとふたりが大喜びするに違いない計画——姉妹に雛祭りパーティを開いてやろう、というものだった。しかも準備も料理も後片付けも、すべて男ふたりでやるという、美音と馨にとっては究極の『上げ膳据え膳』パーティだ。

「雛祭りパーティですか! すごくいいアイデアですね! ちょうど俺も、雛祭りが近いなー、馨になにかしてやれないかなーって考えてたとこなんです」

「あれ……? でも、この間馨さんが体調を崩したときに、あれこれやったんじゃなかった?」

「大したことはしてません。それにあれは看病で、俺の中じゃ義務のカテゴリーです。そうじゃなくて、純粋に感謝の気持ちを示したいっていうか、上から目線だけどねぎらいたいって感じで……」

「わかるよ。おれもあっちこっちで雛人形やら桃の花やら飾られてるのを見て、いわゆる『日頃のご愛顧に感謝』的な気分になっちゃってさ」

「日頃のご愛顧……なんかバーゲンセールみたいですけど、言いたいことはわかります」

「だろ？　まあ、それぞれでねぎらうってのもありだけど、あのふたりは、結婚してから仕事以外で一緒にいる時間がほとんどなくなっちゃったから、プライベートで一緒に過ごす時間も欲しいんじゃないかな。なんならそのまま泊まって、枕を並べてもらうってのもいいかなーって」

そこまで考えての話か……と哲は感心してしまった。

確かに、ねぎらうだけならそれぞれで食事を用意するなり、外食に行くなりすればいい。けれど、姉妹が一緒に過ごす時間に着目して共同企画を持ち込むなんて、さすがとしか言いようがなかった。

「それならきっと、馨も美音さんも喜んでくれると思います。でも、うまくいきますかね？　俺、料理はあんまり……」

「いやいや、喫茶店の息子さんがなにを言ってるやら。馨さんからも、哲君はたいていのものは作れるし、すごく手早い、って聞いてる」

「手間のかからないものしか作れないんですよ。本当に簡単な料理ばっかり」

「料理は気持ちだよ。簡単なものでも、もっといえば多少不味くても、あのふたりなら喜んでくれる。なんでも喜んでくれるって確信のもとに計画を立てるのはずるいかもしれないけどね」

「ずるくはないと思いますけど……」

わかっていてもやらない人間もいる。自分の妻を喜ばせるためにパーティをするなんて考えもしない夫が多いだろう。やはり『さすが』としか言いようがなかった。

「一緒に住んでいる人間に内緒でパーティの準備をするのは難しいよね。あのふたりはすごく仲がいい姉妹だけど、休みの日に一緒に出かけることもないし」

「ですよね……たぶん、俺たちをほったらかしちゃまずいと思ってるんでしょうね」

「いやいや、その言い方は悲しすぎる。ここは、休みの日ぐらい『旦那様と一緒にいたい』と解釈しておこう」

「あははっ！　確かにそのほうがいいですね」

「ってことで、おれは考えた。幸い君の家とうちはすごく近い。会場候補が二ヶ所あるってことだ。どっちかひとりを出かけさせれば、内緒で準備を進められる」

「なるほど、それはグッドアイデアです」

あっさり頷(うなず)いた哲に、要はほっとしたように言う。

「じゃあ、計画に乗ってくれるってことでいい？」

「もちろんです。あ、ちょっと待ってくださいね」

哲はスマホを取り出した。数日前馨に、同窓会に行っていいか、と訊(たず)ねられ、俺の許可なんていらないよ、と笑いながらスケジュール管理アプリに入力した覚えがあった。

「どうかした？」

「馨が同窓会で出かける予定があるんですけど、今見たら三月六日でした」

それでは雛祭りを過ぎてしまう。今年の三月三日は平日だから、『ぼったくり』は営業しているし、要も哲も仕事がある。さすがに当日は無理にしても、雛人形が片付けられる前のほうがいいだろう。なんといってもあの姉妹は、桃の節句が終わるやいなや雛人形をしまい込む。しかも、店と自宅の両方に飾ってある壁掛けなどの小物まで含めて、桃の節句を思わせるすべてのものを、怒濤の勢いで片付けてしまう。一日でも過ぎたら『雛祭り』の雰囲気は全く残っていないだろう。

「当日は無理にしても、前の週のほうがいいような気がするんですよね」

「うーん……。それはそうなのかもしれないけど、せっかく出かける予定があるんだから、それにあわせたほうがうまくいきそうだけど……。あ、でも同窓会って夜じゃないの？」

「いや、それが、十一時半開始の三時終了なんです。ちょっと珍しいですよね」

「あーそうか……。それって奥様対応だな」

日曜日は仕事が休みの人が多いだろうから集まりやすい、というのはありがちな考えだ。けれど、みんなが家にいる夜間は、かえって出かけにくいのではないか。特に専業で家事の大半を引き受けている人間は、家族の食事を気にしかねない。そんな人でも、昼間であれば多少気軽に出かけられるのではないか、と要は考えたらしい。

だが、哲が馨から聞いた限り、その時間帯で開催する理由は、そんな思いやりに満ちたものではない。いや、それもあるのかもしれないが、メインは別の理由だった。

「馨の同窓生でそこまで家族を気にする人間は少ない、っていうか、ほぼいません。結婚だってまだ半分ぐらいしかしてないし、子持ちはもっと少ないでしょう。それにほとんどが共働きだって聞いてますから、昼だろうが夜だろうが気にしないはずです」

「そういうものか……じゃあ、なんで？」

「二次会対策だそうです」

「は？」

「同窓会が終わったあと、そのまま帰る人もいますけど、二次会、三次会って流れる人もいます。特に幹事グループは慰労会っていうか、打ち上げとかやるじゃないですか。同窓会を終わらせてからでも、その時間帯ならゆっくり打ち上げができます」

「参った。予想外すぎる理由だ……」

「でしょ？　俺もびっくりしました。さすがは馨の同窓生って感じです」

「あれ、でも……」

そこで要は、怪訝（けげん）そうに哲を見て言った。

「君と馨さんって同じ学校じゃなかったっけ？　君は行かなくていいの？」

「一緒なのは大学だけです。今度ある同窓会は高校のやつだから、俺は関係ないんですよ」

「そうか……。じゃあ、やっぱりその日にしようよ」

「過ぎちゃいますけど、大丈夫ですか？」

「むしろ、疑われなくていい」

そう言いながらにやりと笑う顔は、いたずらを企む子どもそのもので、この人にもこんな一面があったのか、とほっとする。一度だけ野球の試合をしたことがあったが、あのときはもっと隙のない感じ……というか、恐かった。特に、にわか雨で試合が中断した際に、美音の差し入れのサンドイッチを食べているところにやってきた要はかなり不機嫌で、この人相手に仕事の打ち合わせなんて俺には無理だ、と怖気づいた。今にして思えば、あれは嫉妬だったのだろう。

なんとも憎めない人だな……と思っている間にも、要はどんどん話を進める。

「事の発端は雛祭りだけど、目的は奥様方をねぎらうことだから、そこまで雰囲気にこだわることもないんじゃないかな？」

「そう言われればそうですね」

「じゃあ、三月六日は君の家を使わせてもらう、ってことでいい？」

「はい。お義姉さんのほうはどうします？」

「美音には、休日出勤するけど夕方には帰るから、って言って家を出る。そのまま君の家に行って準備をして、夕方美音を迎えに行く。あ、馨さんは二次会には……？」

二次会対応で設定された時間帯なら、馨自身が二次会に行くのではないか。それは当然の疑問だし、今までは二次会のみならず、三次会にも参加していたらしい。だが、今回に限って馨は、一次会だけで帰ってくると言っていた。

「まさか君が止めたり……はしないか」

「当たり前じゃないですか！　俺はたまのことだし、ゆっくりしてきたらいいって言いました。でも、馨が『晩ご飯は哲君と食べたいから』って……」

「あーはい、ごちそうさま。さすが新婚」

あんたが言うな、あんたが！　と言いたくなるような台詞で、要はあっさり話題を元に戻した。

「じゃあ問題ないね。十一時半開始ってことは、遅くとも十一時には家を出るだろ？」

「会場がちょっと離れてるんで、十時半には」

「じゃあ、おれは十一時にそっちに行くよ。そこから買い物に行っても、三時過ぎには支度が終わるだろう」

「そうか……買い物もしなきゃなりませんね」

「前もって用意しておきたいところだけど、冷蔵庫に見慣れない食材があったら、さすがにバレる。しかも四人分だと量も多いから、ごまかしようがないよ」

「ですね。日曜日で商店街が休みなのは残念ですけど……あ、冷蔵庫に入れなくていいものだけでも、あらかじめ買っておきますか？　どっかに隠しておくとか……」

「どうだろうなあ……あの商店街の人たちはとんでもなく仲がいいから、おれや君が買い物をしたら、あっという間に美音たちの耳に入りそうだ」

確かに、と言い出した哲ですら思う。

魚屋、肉屋、八百屋に豆腐屋……よほど珍しい食材ではない限り、この商店街で買えないものはない。だが、哲はこの商店街でひとりで買い物をしたことがない。必ず馨も一緒で、もっぱら荷物持ちなのだ。おそらく要も似たようなものだろう。

そんなふたりが大根一本でも買いに来た日には、奥さん連中はどうした、病気なのか？　と大騒ぎが始まってしまうに違いない。

品質は商店街のほうがいいに決まっているが、ここは『ショッピングプラザ下町』にある『スーパー呉竹』で間に合わせよう、という要の意見が正解だった。

「じゃあ当日の段取りはそんな感じで……あとは、献立かな」

「そうですね。雛祭りってことは……やっぱりちらし寿司と吸い物ですかね？」

「うーん……そこはこだわらなくていいだろ。むしろ、そういう正統派日本料理はパスしたいな。どうやったって美音に敵いっこない」

「お義兄さん、それを言い出したらドツボです」

どんな料理でも、たとえトースト一枚焼くだけにしても美音には太刀打ちできそうにない。一斤百円以下のお値打ち食パンであろうと、予想もつかないような裏技で高級食パン並みの味に仕上げないとも限らない。美音にはそんないい意味での『得体の知れなさ』がある。

その美音を間近に見て育った馨も、目下料理の腕は急上昇中で、同じような料理を作ったとしても評価されるのは、男組の『心意気』だけのように思えてならない。いくら気持ちの問題とはいえ、少しは料理そのものを評価してほしい思いがあった。

「あのふたり……っていうか、お義姉さんが作れない料理ってありますかね？」

哲の言葉に、要は眉を寄せて考え込む。やはり相当難しい質問なのだろう。

「あるんだろうか……そもそも『ぼったくり』ってなんでもありの店だろ？　おれは昔、ワインとパスタを食ったこともあるし、アサリバターにガーリックトーストなんて組み合わせもあった。出したことのない料理があるにしても、機会がなかっただけで作れないってことはないだろうな」

「やっぱりそうなっちゃいますか……」

いずれにしても、正攻法では無理だ。いっそ、材料を買ってきて切るだけの鍋料理とか、鉄板焼きにすべきかもしれない。そこまで考えたとき哲は、二、三日前に馨と交わした会話を思い出した。

『あー……チーズが食べたいなあ……』

『チーズ？　冷蔵庫になかったっけ？』

『あるにはあるんだけど、なんか違うんだよね。あたしが食べたいのは熱々のチーズ』

『ピザみたいな？　ピザトーストでいいなら作るよ』

ピザトーストは、喫茶店でもよく出されるメニューだ。哲の両親が営む店でも扱っているから、作り方は知っている。冷蔵庫にベーコンや野菜はあるし、市販のピザソースもあったはずだから、今すぐにでも作ることは可能だった。

ところが、馨はあっさり首を横に振った。

『ピザ系ともちょっと違うんだよねえ……。なんだろ、ジャガイモとかウインナーを溶かしたチーズと一緒に食べるみたいな……』

『溶かしたチーズ……チーズフォンデュかな？』

『フォンデュは溶かしたチーズに絡めて食べるでしょ？　そうじゃなくて、溶かしたチーズをたらたらーってかける感じ。そのチーズもなんか特別なやつ。たしか、雑誌で見た気がするんだけど……』

そのあと馨は、マガジンラックや本棚にある雑誌を調べていたが、その『どこかで見た』という料理を見つけることができなかった。似て非なるものよりも、全く違う料理のほうがいいという判断で、その日の晩ご飯は豚肉の生姜焼きになった。生の生姜をたっぷり使って作った生姜焼きは絶品だったものの、やはり気になる。馨に振る舞う料理を考えるにあたって、第一候補に上げてもいい料理だ。ただし、その料理を見つけることができれば……

『ブール・ブラン』というソースの名前がすんなり出てくるぐらいだから、要なら馨が食べたがっていた料理のことを知っているかもしれない。そう思って訊ねてみると、要はしばらく考え込んだあと、料理の名前を挙げた。

「もしかしたら『ラクレット』かもしれない」

「『ラクレット』？」

「うん。茹でたり蒸したりした野菜やベーコン、ウインナーなんかに、溶かしたチーズをかけて食べるんだ。確かフランス……いや、スイス料理だったかな……とにかく『ラクレット』っていう特別なチーズを使うことは間違いない」

検索すれば出てくるよ、と言われてスマホで調べてみると、チーズの表面を溶かしてトマトやブロッコリーに垂らしている画像がたくさん出てきた。ただし、そのチーズは、外国の絵本か漫画にしか出てこないのではないかと思うほど巨大なものだった。

「うわ……すごい。でも俺、店でこんなチーズを見たことないです。どこで買えるんですか？」

「なにもこんなでかいのを用意する必要はないよ。デパ地下とかちょっと品揃えのいいスーパーなら、カットしたやつを売ってるし、輸入食材店とかにもあるんじゃないかな」

「『スーパー呉竹』にもあるかな……」

「あそこはもともと輸入食材の品揃えがいいから、たぶんあると思う。それに、これなら料理法はすごく簡単だし、見栄えもする」

「あ、でもちょっと待ってください。そのチーズってどうやって溶かすんですか？　鍋を使うとか？」

『ラクレット』が溶かしたチーズをかけて作る料理なら、まずチーズを溶かさなければならない。

小さく刻んで、鍋かフライパンに放り込めば溶けるだろうけれど、それではチーズフォンデュとあまり変わらない。果たしてそれで馨は満足してくれるだろうか……

要は再び考え込んだ。さらにスマホを操作し、なにかを調べ始める。しばらくして、ふうっというため息とともに、スマホから目を上げた。

「方法は三つある」

「三つも？」

「まず、君の言ったとおり鍋、あるいはフライパンで溶かす」

「それはちょっと……」

「だよね。ふたつ目は専用グリルを用意する。ほらこれ」

要が差し出したスマホをのぞき込むと、そこには小さくて四角いフライパンみたいな型と四角いグリルの画像があった。ただし、型はふたつだけしかなく、四人で使うには力不足のような気がした。同じことを思ったらしく、要が残念そうに言う。

「四人用のやつもあるみたいだけど、どのサイトを見ても売り切れになってるんだ。入荷も未定っぽくてね」

「ふたつ買うって手もありますけど……三つ目を先に聞いていいですか？」

「三つ目はこれ」

そう言いながら要が示したのは本格的なチーズヒーター、どう考えても一般家庭では使わないだろうと思われる代物だった。サイズも値段もさっきのラクレットグリルとはかけ離れている。

「これはさすがにやりすぎなんじゃ……」

「でも、いきなりこれが家にあったら、あのふたりはかなりびっくりすると思わない？」

「そりゃ、びっくりするでしょうけど……ってか、これを使おうと思ったら、チーズだって相当でかいのを用意しないと……」

「そうだね」

「そうだね、って……」

——もしかしてこの人、これを買うつもりなんじゃ……

スマホの画像を眺める要は、興味津々。なんとかしてこれを使ってみたい、と言わんばかりだった。たった一日のパーティのために、しかもチーズを溶かすことしかできない機械に、この金額を払うのはいかがなものか。さらに、この機械に見合うチーズを買ったら、四人がかりでお腹がはち切れるほど食べたところで余りまくる。

「お義兄さん、これはだめです。三つ目はなしです！」

「どうして？　目茶苦茶面白いというか、スーパーサプライズだと思うけど」

「面白いかもしれませんが、始末に困ります！」

「チーズなんだから食えばいいだろ。ラクレットチーズなら日持ちもするはずだし、残ったら『ぼったくり』の冷蔵庫に入れてもらえばいい。『ぼったくり』でラクレットを出すって手もあるし」

「お義兄さーん……」

「いやあ、楽しみだなー！　きっとふたりとも目をまん丸にするぞ。哲君、いいアイデアをありがとう！」

要は、よしよし、とひとりで悦に入り、チーズヒーターの詳細を読み始める。おそらく、関連商品として提示されている巨大なチーズも購入するつもりだろう。

これはもう止めようがない。雛祭りは本格的ラクレットパーティに決定だ。準備はかなり簡単になるけれど、さすがにこれは予想外すぎる。

――結構上手にこの町に溶け込んでるけど、この人は基本的にはすごくヤバい人なんだな……

そういえば要は、結婚式に使う食材を地元の商店街から納入させるとか、日程が重なって記念日のイベントが台無しになりそうだった馨と哲に、ホテルディナーと宿泊付きのヘリコプターのナイトクルーズをプレゼントするとか、常人では思いつけない、思いついたとしても実行不可能なことをあっさりやってのけた過去がある。

　とはいえ、あれは一種のブライダルハイ、なにがなんでも早急に美音と結婚したいがための荒技だと思っていた。しかし、この展開を見る限り、要というのは基本的にこういう人なのだろう。恐るべし『佐島一族』だった。

「チーズヒーターを一台、あとは……」

　要は嬉しそうに、購入手続きを進めている。哲ははっとして声をかけた。

「あの、代金……俺も払います」

「いいよ。言い出しっぺはおれだし、機械はうちに残る。たぶんチーズの残りも」

「でも、全額お義兄さんってわけにはいきません。これは、お義姉さんだけじゃなくて、馨のためのパーティでもあるんですから！」

　絶対に割り勘にはさせてくれない。それはわかっているが、たとえ一部でも払わせてもらわないと、哲だって立つ瀬がない。おそらく必死の形相になっていたのだろう。要が笑いながら答えた。

「了解。じゃあ、チーズ代の半分だけ引き受けて。あと、チーズ以外の食材は任せていい？」

「もちろんです。買い出しは当日でいいとして、そのチーズヒーターは試してみなくても大丈夫ですか？　使い方とかも……」

届いたままにしておいて、いざ使おうと思ったら不良品、ということがあるかもしれない。ラクレットパーティでチーズヒーターが使えないとなったら目も当てられない。

「使い方自体はそんなに難しくないはずだけど、初期不良ってことはあるよね。とはいえ隠しておくのも大変だから、なるべくぎりぎりの配達にしよう。待てよ、あらかじめ試すのなら少し余裕を持たせたほうがいいかな……。でも、それだとチーズの保管が困るか」

「冷蔵庫に入れないわけにはいきませんよね。使いかけならよけいに」

「だよな……これは困ったな」

さすがにそこまで考えていなかった、と要は難しい顔になる。そこまでというか、なにも考えていなかったのでは？　と言いたくなる気持ちを抑え、なにか方法はないかと考える。そして、およそ二分後、哲は絶好の打開策を思いついた。

業務用の冷蔵庫があるのは『ぼったくり』だけではない。哲の両親の店にだって、それなりの大きさの冷蔵庫がある。両親に頼んでしばらく預かってもらえばいいだけの話だった。

「親父に頼んでみます」

「お父さん……？　そうか、喫茶店をやってらっしゃるんだったね」

「はい。なんなら、チーズヒーターも預かってくれないか、っていうか、あっちに配達してもらえないかも訊いてみます」

「ご迷惑じゃないかな？」

「うちの親父とおふくろは、美音さんや馨が大のお気に入りなんです。きっかけは、親父の店の客が減ったときに美音さんにアドバイスをもらったことなんでしょうけど、それを抜きにしても、実の娘みたいにかわいがってます。だから、あのふたりのためなら引き受けてくれると思います」

「そうか、それは助かるな。じゃあ、訊いてみてくれる？」

「了解です。ただし、今は忙しい時間帯だから返事は夜になると思います。それで平気ですか？」

「もちろん。まだ日はあるし、チーズヒーターの在庫も十台以上ある。ラクレットパーティが大流行って話も聞かないから、売り切れたりしないだろう。君の返事を待って注文することにするよ」

「わかりました。返事が来次第連絡します」

そして白身魚のソテーとクロケットのランチに舌鼓（したつづみ）を打ったふたりは、食後の紅茶までしっかり堪能し、それぞれの職場に戻った。支払いはもちろん要、ここに至っても『誘ったのはおれ』が適用され、申し訳なさが募る。哲としては、両親が快く手伝ってくれて、要の企画によるサプライズパーティが成功することを祈るばかりだった。

その夜、哲は喫茶店の閉店時刻が過ぎたのを確認して、父に電話をかけた。ちなみに、馨は仕事に出かけたので家には哲ひとりきり、周りを気にせず話ができるのはラッキーだった。

昼間に要から持ちかけられた話を伝え、チーズヒーターとラクレットチーズを預かってくれないか、と頼んでみると、案の定、父はふたつ返事で引き受けてくれた。しかも、平日は要も哲も忙しいし、美音たちに内緒なら休日にわざわざ出かけてくるのも難しいだろう、ということで、試用まで引き受けてくれると言う。

「え、マジ？　そこまで頼んでいいの⁉」

驚いて上げた声に、父はあっさり答えた。

「ぜんぜんかまわんよ。どうせ俺も母さんも夜は暇だし。その代わり、ちょっとだけ試食してもいいか？　もちろんその分の費用は……」

「そんなのいいよ。お義兄さんが受け取るわけないし、どうかしたら、わざわざ試してもらうんだからって手間賃を払うとか言いかねない」

「あの人ならそうだろうな……。じゃあ、手間賃代わりにラクレットチーズの試食をさせてもらおう。きっと母さんも喜ぶぞ。本格的なラクレットチーズを食べる機会なんてないからなあ」

「そっか……ならよかった。じゃあ、配達先はそっちにしてかまわない？」

「ああ、店を開けてる時間ならいつでもいいし、あらかじめ教えてくれれば、休みでも受け取るよ」

「冷蔵庫も大丈夫？　かなりでかそうなチーズだけど」

「でかいったって一メートルもあるわけじゃない。せいぜい三十センチぐらいのものだろう。それぐらいなら入るよ」

「ありがとう！　めっちゃ助かる！」

「よかったな。これでおまえの顔も立つってわけだ」

　父が電話の向こうでカラカラと笑う。

　要のアイデアに乗っかっただけ、さらに費用も大半をおんぶしていることも見(み)透(す)かされているのだろう。自分の体面を保つために親の手まで借りるのは情けないかもしれないが、企画の成功のためということで目を瞑(つぶ)ってもらうしかなかった。

「大丈夫だとは思うが、届き次第確認して、万が一不良品だった場合はすぐに連絡するよ」

「よろしく。あと、おすすめ食材があったら教えてくれる？」

「もちろん。いろいろ試しがてら楽しませてもらう。せっかくの新品、しかも美音さんと馨さんのために買ったものを先に使わせてもらう形になってすまないな」

「なに言ってるんだよ。こっちが頼んだことなんだから、気にしないで」

「そうか。なら、くれぐれも要さんにはよろしくお伝えしてくれ」

「ＯＫ」

そこで電話は終わり、哲は早速要に連絡を入れる。もちろん要も大喜び、あちらからも『くれぐれもご両親によろしく』という言葉を受け取り、サプライズパーティ企画は順調に滑り出した

「うわっ、なにこれ⁉」

居間に入るなり、馨が絶叫した。

誇張ではなく『絶叫』と呼ぶに相応しい大声で、思わず美音が「ご近所に迷惑でしょ！」と馨の口を押さえたほどだ。

その美音も、馨の口を手で覆いながら目を見張っている。切れ長でどちらかというと細い美音の目が、こんなにまん丸になっているのは初めて見た。

ちなみに現在時刻は、午後四時三十分。四人揃ってこの家に着いたところだ。哲が帰ってくる馨を駅まで迎えに行き、美音は休日出勤をしたことになっている要を迎えに駅まで来たところで鉢合わせした、という形を取った。

要はわざわざそのために時間を合わせて駅に出向くという念の入れようで、そこまでするか、と思う半面、このチーズヒーターを買い込むような人なら当然なのかもしれないと納得もした。

駅で会ったあと、たまには一緒にご飯でも……と持ちかけ、なんやかんやでこの家に連れてきた手腕もすごかったし、つくづく敵に回したくない相手だった。

要は目下、満足そうに頷いている。サプライズパーティとしては文句なしの大成功だろう。

「こんなチーズ、テレビでしか見たことないよ。それにこの機械……」

「これってチーズヒーターですよね？　それにこのチーズ、もしかしてラクレッ

ト？」

「やっぱり知ってたか……」

要がちょっと残念そうに言う。だが、美音の頭の中には世界中の料理が詰まっている。馨ならまだしも、美音が知らない料理があると思うほうがおかしかった。

「ラクレット！　それだー！」

またしても馨が大声を上げ、美音が頭を抱える。つくづく一軒家でよかった、と思わざるを得ない。いずれにしても、馨が食べたがっていた料理がラクレットであることに間違いはなかったらしい。

「よかった。前に熱々のチーズが食べたいって言ってたとき、結局料理の名前がわからなかっただろ？」

「そんなこともあったね。それで調べてくれたんだ……」

「ああ。お義兄さんが教えてくれた。で……」

「日頃から大変な奥様方に、楽しいひとときをお過ごしいただこうと思いまして、今回、サプライズパーティをご用意いたしました。熱々のチーズ料理をご堪能ください！」

バラエティ番組の司会者さながらの要の台詞に、馨が嬉しそうに返す。

「そうだったんだー。でも、あたしが雑誌で見たのは、こんなすごいのじゃなかったよ。なんか、かわいらしいプレートで溶かすやつだった」

「うん。本当はそれがよかったんだけど、四人用のは売り切れてて、ふたり用のしかなかったんだ」

「だったらふたり用をふたつにすればよかったのに」

「まあねえ……」

そう言いながら、ちらりと要に目をやる。その視線で美音はすべて察したらしく、大仰にため息をついた。

「要さんが、このすごい機械を使ってみたい、って思ったんですね？」

「バレたか。でも、どうせなら本格的にやってみたいと思ってさ。チーズだって、ぜったい小さくカットしてあるやつよりこっちのほうが旨いだろうし」

全然悪びれずに返す要に、美音は処置なしといった様子だった。

「ほんとにすごいね、このチーズ……あれ、でもこれちょっと減ってるみたい……」

「ごめん！　実は親父たちに試してもらった。失敗したくなくて……」

「それはおれも悪い。試す時間がなくて、つい哲君のご両親に甘えてしまった」

「そっか、お義父さんたちにまで面倒をおかけしちゃったんだ。でも、お義父さんたちもラクレットが食べられたってことだよね？」

「それはまあ……いろんな食材も試してくれた。今、ここにあるのは親父たちの折り紙付きばっかりだよ」

チーズに全く合わない食材というのは珍しい。それでも、人には好みがあるし、用意しすぎても食べきれない。哲の両親は、手に入る限りの食材をふたりがかりで試し、馨と美音が好きそうなものを選んで提案してくれたのだ。

「それで、エビとか白身魚とかもあるんですね……。ラクレットに海産物ってちょっとびっくりしましたけど」

「ソテーしたお肉やミニハンバーグまである！　これもお義父さんたちのアイデア？」

「もちろん。俺じゃ絶対無理」

潔く認めた哲に、要も同意する。

「おれにも無理だ。下手にどんな料理か知ってるだけに、固定概念から抜けられない。せいぜい茹でた野菜とウインナー、厚切りのベーコンぐらいしか思いつかなかったよ」

「さすがは哲君のご両親ですね。でも、用意するのも大変だったでしょうに……」

野菜を茹でるぐらいならそこまで大変ではないし、ウインナーもベーコンもせいぜい小さく切るぐらいですむ。だが、海産物や肉の下拵えは手間がかかるし、ハンバーグはなおさら大変だっただろう、と美音は言う。さらに、言ってくれればお手伝いしたのに……という言葉に及んで、要と哲ばかりか、馨まで笑い出した。

「お姉ちゃん、それじゃあサプライズが台無しだよ。哲君もお義兄さんも、あたしたちをびっくりさせたくて頑張ってくれたんだから、素直に感謝しておこうよ」

「馨さんの言うとおり。でも、実際はそんなに大変じゃなかったんだ。哲君がものすごく手際がよくてね、ハンバーグもほとんどひとりで作ってくれた」

「買い物はお義兄さんの独壇場でしたけどね」

実際、要の買い物ぶりには驚かされた。人参一本、ジャガイモ一個でもしっかり見極めて、これぞというものを選び出す。エビにあんなにいろいろ種類があるなんて哲は知らなかったし、要が手に取った白身魚のパックには、『パンガシウス』という聞いたことがない名前が記されていた。

なんでも近頃スーパーにも出回るようになった魚で、味は淡泊でどんな料理にも使いやすいのに安価ということで、ファミリーレストランなどでも使われているそうだ。

「なんかもう熟練の主婦みたいでした」

「熟練とはほど遠いけど、日頃から美音の買い物を見てるからね。食材の選び方は覚えたよ」

「お姉ちゃんの教育の成果か！　佐島建設の御曹司をそこまで仕込むなんてすごいね！」

「やだ、仕込むなんてつもりは……」

あたふたする美音に、またみんなが笑った。

「学生時代はひとり暮らしだったし、買い物だって自分でしてた。でも、店に並んでるものを適当にカゴに突っ込んでただけで、吟味なんかしてなかったよ。でも、美音は違うんだ」

「あーそれわかるー！　お姉ちゃんがスーパーに行くと、目茶苦茶時間がかかるんだよね！」

「時間がかかるって言い方をすると否定的に聞こえるけど、おれはそうは思ってないよ。むしろ、ここまでしっかり選ぶからこそ旨い料理になるんだな、って感心してる。あと、美音がこの商店街をどれほど信頼してるかも」

「それもわかる！　『八百源』さんでも『魚辰』さんでもスーパーほどじっくり見てないよね」

「だって……もともと悪い品はひとつもないじゃない。だからこそ、仕入れだって安心してお任せできるのよ。不誠実なお店相手に、前もって注文して納品なんて無理でしょ」

「そのとおり。身近にいい店がたくさんあって幸せってことだ。さて、しゃべってばかりじゃなんだから、そろそろ始めようか」

「そうですね。美音さん、馨、まずは座って」

ふたりをダイニングテーブルの席に着かせ、哲はチーズヒーターと小さなホットプレートの電源を入れる。食材はすべて下拵え……というか、火を通してあるけれど、すでに冷めている。『熱々のチーズ』を求めるならば、ホットプレートで温め直しながら食べるのがいい、ということで、小さなホットプレートも用意した。それならいっそ、生の状態からホットプレートで焼いてはどうか、と要は言ったが、生から焼くのは時間がかかりすぎる。人数も多いし、スムーズに食事をすすめるためには、温め直すぐらいがちょうどいい、という哲の意見を通してもらったのだ。

「哲君、そこまでこだわってくれたんだ……」

馨がものすごく嬉しそうな顔になった。美音も満面の笑みを浮かべている。サプライズは大成功、この顔を見られただけでも頑張った甲斐があるというものだった。

「おー、チーズがグツグツし始めたぞ」

「本当ですね。とっても美味しそう……」

馨のことしか考えずにメニューを決めたので、要や美音に少し申し訳ないと思っていた。だが、要も美音もラクレットを大いに気に入ってくれたらしい。よかった、と哲は胸を撫で下ろした。

「えーっと……なにからいきます？」

「あたしはウインナー！　あと、ミニハンバーグも！」

「美音さんは？」

「私は人参」

「えー、お姉ちゃん、いきなり人参？　またダイエットを始めたの？」

「またって言わないで！　そうじゃなくて、この人参、すごく美味しそうだから……」

「さすが……」

「さすがってどういう意味？」

哲が思わず漏らした声に、馨が不思議そうな顔をした。要も怪訝そうに訊いてくる。

「そういえば、買い物に行ったとき、人参は家にあるからって買わなかったね。なにか特別な人参？」

「実はこの人参、親父がくれたんです」

「もしかして、お義父さんが作ったやつ？　夏頃、人参の種を蒔いたって言ってたよね？」

「よく覚えてたな。俺すら忘れてたってのに」

哲の実家は一戸建てで、庭も付いている。ものすごく広いわけではないが、日当たりがよくて、子どもの頃はそこでよく遊んだものだ。子どもが大きくなったあとは、踏み固める者がいなくなって草も生え放題、どうせ手入れをしなければならないなら、と母が家庭菜園を始めることにした。

ところが、いざ始めてみると嵌まったのは父のほうで、最初はピーマンやプチトマトといった育てやすい野菜ばかりだったのが、年を経るにつれてキュウリ、タマネギ、大型のトマトといった少し手のかかるものになり、今では大根や人参、ジャガイモまで育てている。

とりわけ今年は土の加減がよかったのか、人参の出来が素晴らしく、生や火を通したものはもちろん、ドレッシングまで作って楽しんでいた。

チーズヒーターの試用を頼んだとき、茹でた人参を試してみたら、これが絶品。馨や美音にも味わってほしいということで、人参をくれたのだ。

「もう三月なのに、まだ残ってたんですね」

夏蒔きなら二月末には収穫が終わるはずなのに、と美音が首を傾げる。野菜の収穫期についてまで知っているなんて、これまた『さすが』だった。

「ほとんどは収穫して食べてしまったみたいですが、収穫しそびれたのが何本か残ってたみたいです。これが最後の人参だって言ってました」

「そうだったんだー……やっぱりお姉ちゃんの『美味しいものセンサー』はすごいね！　あたしも人参にしよーっと！　これ、もういいかな？」

そう言いながら、馨は人参の様子を窺う。チーズを溶かし始めると同時にホットプレートに移したから、もう温まっているはずだ。

「いいと思うよ。お皿に取って、今、チーズをかけるから」

「わーい！」

子どもみたいな歓声を上げ、馨は人参を皿に移す。ついでにウインナーとジャガイモものせたところが、いかにも馨だった。

「では、お待ちかねのチーズです」

チーズヒーターにセットされていた半円形のラクレットチーズをぐいっと傾け、木べらを使って人参やジャガイモの上から垂らす。チーズは野菜の上に流れてなお、グツグツ言っている。まさしく、馨が望んだとおりの『熱々のチーズ』だった。

「これよ、これ！　これが食べてみたかったの！　ザ・チーズ料理ってやつ」

「本当ね。こんなのお店でだってなかなか食べられないわ」

「あたし、本格的なチーズって、パスタ屋さんで削ってかけてくれるやつしか知らないよ」

「あれだって、こんなに大きくはないでしょ」

「だよねー。うわあ……人参あまーい！　それにこのチーズ、香りがすごい！　めっちゃミルキーだし、いくらでも食べられそう！」

「癖はなくても、カロリーはあるのが辛いところだわ」

そんな会話を交わしながら、馨は人参、ウインナー、ジャガイモ……と食べ進む。美音は、人参の甘さにうっとりしたあと、はっとしたように要を見る。

「ごめんなさい、私たちばっかり！　要さん、それに哲君も座ってください」

「いいよ。今日は君たちふたりのためのパーティなんだから、俺たちはサービス係に徹するよ。奥様方、チーズはいかが？」

　要の言葉に、美音はとんでもないと立ち上がった。

「私、もてなされる側って、慣れてなくて落ち着かないんです。いっそ、自分だけ立ってるほうがずっと気楽です」

「いやいや、それじゃあ意味がない」

「もう、だったらみんな座ればいいじゃん。チーズはセルフ！」

　食べるスピードも、チーズをかけたいタイミングも人それぞれだ。それなら自分で好きにかければいい、と馨は主張する。正論中の正論だった。美音も頷きながら言う。

「これだけ準備していただいたんですから、もう十分です。あとはみんなで楽しみましょう」

「そうそう、あ、飲み物がまだだったね。確かビールと酎ハイがあったはず……」

　そこで馨が、さっと立ち上がって冷蔵庫に向かう。

　哲自身はチーズに夢中ですっかり忘れていたが、馨は普段から『ぼったくり』

で働いているだけあって、飲み物の提供が気になってならないのだろう。

「わー！　飲み物もいろいろ用意してくれたんだね！　ずいぶんと冷蔵庫の中身を減らしてると思ったら、このためだったんだ！」

この家の冷蔵庫は、ふたり暮らしにしてはサイズが大きい。美音がいた頃から使っていたもので、当時はいわゆる『料理人のこだわり』が詰まっていたのだろう。美音が家を出たあとは、常備する食材や調味料の種類も減り、それなりに余裕があるはずなのに、いつの間にかいっぱいになっている。

その大半は、少しだけ残った漬け物や佃煮（つくだに）、試しに買ってみたものの口に合わなかった調味料などで、それらを片付けさえすれば、パーティ用の飲み物は十分入る。そのため哲は、数日前からせっせと残り物を平らげていたのである。

「なんかやたらと残り物の佃煮とかお漬け物を食べたがると思ったら……」

「馨ってば、そんなに残り物をため込んでたの？」

美音にとがめられ、馨は慌てて言い訳をする。

「だって、佃煮とかお漬け物とか、最初はいいけど食べきらないうちに飽きちゃうんだもん。捨てるのはもったいないし……そのうち食べようってとりあえず冷蔵庫に入れて……」

「で、忘れる、と」

「そうなの……。お姉ちゃんみたいにちゃんとローテーションして出せばいいんだけど……」

「冷蔵庫にメモでも貼っておきなさい」

「えーん、哲君助けてー！　パーティなのに、お姉ちゃんがお説教してくるー！」

「お義姉さん、今度から俺がちゃんとやりますから！」

慌てて出した助け船に、美音はなおさら呆れ顔で妹を見た。

「ほんとに……旦那さんが哲君じゃなかったら、どうなったことやら……」

「哲君だから旦那さんになってもらったんだもん！」

「はいはい、わかったわかった。哲君、ごめんね、こんな妹だけどこれからもよろしくね」

「ってことで、みなさん、お飲み物は？」

けろっとして訊ねる馨に、美音は首をがっくり垂れた。それでも、すぐに気を取り直したように顔を上げて訊ねる。

「選択肢を教えて」

「えーっとね、最近お姉ちゃんがお気に入りの『マルエフ』と、甘さ控えめのレモン酎ハイ、あとは……あ、ワインが入ってる！　『シャトー・メルシャン　山梨甲州』だって」

「今日、馨が出かけるなり、『スーパー呉竹』にダッシュして買ってきた。とはいっても、選んだのはお義兄さんだけど」

野菜や海産物だってそんなにちゃんと選べない。酒にしても、缶ビールや缶酎ハイならまだしも、ワインなんてお手上げもいいところだった。

「そりゃそうだよね。あたしたち、家でワインなんて呑まないし」

「だろ？　でもやっぱりチーズ料理にはワインって気がしたから、お義兄さんに選んでもらったんだ」

「そっかー。よかったね、お義兄さんが一緒で」

「そんなに褒めてくれなくても、チーズに合わないワインを探すほうが難しい。赤ワインは、渋みがチーズの味わいを邪魔することもあるけど、白ならまず間違いない。売り場にあった中から適当に選んだだけだよ」

「そんなことはないでしょう」

そこで言葉を挟んだのは美音だった。馨が持っていたボトルを受け取り、裏に貼られているラベルを確かめる。そして、やっぱり……と小さく呟いた。

「お姉ちゃん、『やっぱり』ってどういうこと？」

「チーズに合わない白ワインを探すのは難しいかもしれないけど、このワインはたぶん、生のお魚や野菜にも合うタイプですよね？　もしかして、ラクレットのほかにもお料理を用意してくださってます？」

「君には敵わないなあ……」

諦め口調で、要が冷蔵庫に向かった。

開けさせてもらうね……なんて言いながら、要が開けたのはチルドルーム、生の魚や肉を零度前後で保管できる引き出しだった。

「お野菜好きの女性のためにサラダ、あと……こちらもご用意しました」

そう言いながら要は、プリーツレタスをたっぷり使ったグリーンサラダが入ったボウルと、ガラスの丸皿を取り出す。ガラスの皿にのっていたのは、色鮮やかなサーモンの薄切りだった。

「お刺身……じゃなくて、タマネギやみじん切りのパセリがいっぱいのってるから、カルパッチョだね！」

「ご名答。『スーパー呉竹』さん、やっぱり輸入食材には強いよね。とりわけサーモンは！　しかもお値打ち。今日だって、すごく身が厚くて脂もたっぷりなのにすごく安かった」

「輸入サーモンってたいてい冷凍で運ばれてくるんですけど、呉竹さんのは、一度も冷凍しないままに運ばれてくるんですって。お刺身はもちろん、ソテーとかホイル蒸しでもすごく美味しいんです」

「そうそう。お姉ちゃん、うちでホイル蒸しにするときは呉竹さんに買いに行ってたもんね」

「え、『魚辰』さんじゃなくて？」

絶対的信頼を置いている商店街の魚屋ではなく、よそのスーパーを選ぶなんて、と驚く哲に、美音は慌てて言い返した。

「『魚辰』さんのサーモンが悪いってわけじゃありません。でも、家でホイル蒸しを作るのはたいてい日曜日で、魚辰さんはお休みだし……」

「あ、そういう理由ですか……」

「で、『スーパー呉竹』のサーモンの美味しさを知ってるお義兄さんはカルパッチョを作ることにして、ワインも両方に合うやつを選んだ、ってわけね」

「そんな感じ。いくらでも食べられそう、とは言ってもやっぱりチーズだから、さっぱりした料理もあったほうがいいかなって。このサーモンはかなり濃厚だけど、カルパッチョにすればちょうどいいだろうと思ってね。ただし、ちょっと切るのは大変だった」

「ひえー……お義兄さん、やっぱりすごいわ」

「これぞ美音のお仕込み、ってことで、ふたりともワインでいいかな？」

馨と美音がこっくり頷(うなず)いたのを見て、哲は流しの引き出しからワインオープナーを取り出す。

ワインは選べなくても、開けることぐらいできる。なにより、このワインオープナーはウイング式で、コルクの真ん中にスクリューを差し込んで両側のレバーを上下するだけで簡単に開けられる。ほぼ失敗しないタイプなので、安心して使うことができるのだ。

野菜室に入れておいたワイングラスを取り出し、テーブルに運ぶ。栓は簡単に開いたが、グラスに注ぐのは慣れていないと難しい。どうしようかな、と思っていると、要がボトルを受け取り、いとも簡単に四つのグラスに注ぎ分ける。これまた『さすが』の早業だった。

「料理を先に食べちゃったけど、とりあえず乾杯しようか」

「そうですね。では、働き者の奥様方に！」

「愛情たっぷりの旦那様たちに！」

掲げるだけでグラスを合わせることはしない。上品な乾杯を済ませ、白ワインを飲んでみる。

辛口の中にはっきりとした酸味が感じられる。先ほど試したラクレットチーズにぴったりと思える味だった。


フルボトルのワインが二本空になり、ラクレット用の食材は食べ尽くした。サーモンのカルパッチョとグリーンサラダもほぼなくなったところで、馨がプハーッと息を吐いた。

「あーお腹いっぱい！　明日体重計に乗るのが恐いー！」

「ちょっと馨、勘弁して。それは禁句よ！」

明日は早めに仕込みを済ませて、しっかりウォーキングしないと、と美音もため息をつく。それでも姉妹は、とても満足そうで、哲はつくづくパーティを企画してよかったと思う。

「じゃ、片付けましょうか」

よいしょ、っと言いながら美音が立ち上がった。そんな声が出るほど満腹なのだろう。すぐに要が腰を上げた。

「君は座ってて。うちに帰るまでが遠足、後片付けが終わるまでが料理。ましてや今日は、君らをねぎらうためのパーティなんだからね」

「お気持ちはありがたいですけど、座ってると苦しくて……」

この話はこれまで、と言わんばかりに、美音は食器を運び始める。すぐに馨も手伝いに行き、結局片付けは姉妹の手に任されることになった。

「はい、おしまい！　どなた様もお疲れさまでした！」

食器棚の戸をパタンと閉め、馨が宣言した。美音もぺこりと頭を下げる。

「本当にありがとうございました。じゃあ、私たちはこれで……」

鞄を持って玄関に向かおうとした美音を見て、哲は慌てて声をかけた。

「美音さん、今日は泊まっていってくださいよ」

「え？」

「実はこの企画、『お泊まり会』もセットなんです。たまには姉妹水入らずもいいかなって」

「うわ、ほんと⁉ 嬉しい！」

馨が飛び上がって喜ぶ一方、美音は要を心配そうに見上げる。

「明日もお仕事はあるし……朝ご飯の支度も……」

「子どもじゃあるまいし、それぐらいひとりでできるよ」

「でも、寝過ごすかも……」

「それも大丈夫。アラームをちゃんとセットする」

「でも……」

煮え切らない様子の美音を見て、馨がクスリと笑って言う。

「お姉ちゃん、子どもみたい」

「え……？」

「あたしたちとも離れがたいし、要さんとも一緒にいたい。それだけのことでしょ？ わかるよ。あたしはときどきお姉ちゃんちにお邪魔するし、お姉ちゃんもひとりでここに来ることはあるけど、四人揃ったのは初めてだもんね」

「馨さん、それってどういう意味？」

「あのねーお義兄さん。お姉ちゃんは、なんでもひとりで平気ーって顔してるけど、実はめっちゃ寂しがりなんです」

「いや、それは知ってる」

「そりゃそうですよね。でね、夕方からずーっと四人、しかもこの家で一緒にいて、そのあとふたりずつとか三人とひとり、になるのが嫌なんですよ」

「……なんでわかるのよ」

ぽつりと呟いた美音の声に、馨はますます勢いづく。

「わかるに決まってんじゃん。あたしだって同じ気持ちだもん。このテーブルは四人がけだけど、ずーっとふたりでしか使ってこなかった。でも今日は空席なしだよ」

「そうなの。みんなで呑んで食べてお話しして、いっぱい笑って、まるでお父さんたちがいたころみたいで……」

「紛れもなく『家族団らん』。そりゃ嬉しいし、解散なんてしたくないよ」

美音はおそらく『祭りのあと』が嫌なのだろう。自分がそうだから要も同じだと思い、なんとかひとりにせずにすむよう、一緒に帰ろうとした。もちろん、要と離れたくないのは嘘ではないだろうけれど、それ以上に『四人でいたい』という気持ちが強かったに違いない。

そしてその気持ちの底には、長らく失われていた『家族団らん』をようやく取り戻したという思いがある。ずっと家族と暮らしていた哲や、その気になればいつでも佐島家の団らんに加われる要には計り知れない心情かもしれない。

「そっか……」

要の美音を見る目が、ことさら優しくなる。きっと自分も同じような眼差しで馨を見ている。

「これからも時々こんなパーティをしよう。パーティじゃなくても、ただ飯を食うだけでもいい。旨いものをいっぱい用意してさ」

次はうちでやろう、という要の言葉に、馨が歓声を上げた。

「やったー！　お姉ちゃんのところでお泊まりなら、ジャグジーバスが使える！　あ、でも、今日はとにかくお義兄さんも泊まっていってね。じゃないと、お姉ちゃんまで帰るって言い出すから」

そして馨は、居間に続く和室の押し入れを開ける。そこには客用の布団が入っていた。

「ほら、お布団だってあるよ。みんな仲良くお泊まり会！　それでいいでしょ、お姉ちゃん？」

「でも、着替えとかないし」

「あー……お姉ちゃんの分は少しは残ってるけど、お義兄さんのはないか……」

そこで馨はいったん言葉を切り、男ふたりを見比べる。そして、はーっとため息をついた。

「だめだ。哲君用の買い置きがあるから使ってもらおうかと思ったけど、お義兄さんはどう見たってLサイズだよね」

「いやいや、たとえ同じサイズでも哲君のを横取りするのは悪いよ」

「やっぱり私たちは……」

帰りましょう、という言葉が美音の口から出る前に、要が言った。

「いったん家に戻って持ってくる。それでいいだろ?」

「え……」

絶句した美音に、要があっさり告げる。

「何キロも離れてるわけじゃなし、すぐに戻ってこられるよ」

「そこまでしてくださらなくても!」

「大丈夫、腹ごなしがてら行ってくるから。それに、うちよりここのほうが、ちょっとだけ駅に近いから通勤が楽だしね」

朝の数分は貴重だ、と笑いながら玄関に向かう要を、慌てて美音が追いかけた。

「私も行きます」

「え、お姉ちゃんも行くの⁉」

「腹ごなしなら私のほうがずっと必要よ。それに、私も化粧品とか持ってきたいし」

「そうか。なら、一緒に行こう」

そしてふたりは、仲良く並んで玄関を出ていった。

「化粧品って、馨のじゃだめなの?」

「いいに決まってる。お姉ちゃんは化粧品に全然こだわりないし、化粧水とか乳液とか、たぶん同じメーカーの同じブランドを使ってるはず」

「ってことは、単に一緒に行きたいだけ？」

「どこまで仲がいいんだか……」

苦笑しつつ、馨は座卓を壁際に立てかけ、布団を敷き始める。しかも二組敷き終わったあと、さらに布団を引っ張り出す。

「そんなに敷くの？」

「ちょっとずつ重ねれば、なんとか四組いけるんだよ。家族で旅行してるみたいで、お姉ちゃんが喜ぶかなーって」

「お義姉さんだけじゃなくて、馨もな」

「バレたか。ごめんね、哲君とお義兄さんには迷惑だろうけど……」

勘弁して、と馨は両手を合わせる。その手を軽くはたいて、哲は答えた。

「謝ることなんてないよ。でも美音さんとゆっくり話せるように、って考えたんだけど、それはいいの？」

「いいのいいの、お姉ちゃんとはいつだって話せるし、『家族水入らず』のほうが嬉しい」

あくまでも家族にこだわる馨に、これまでの寂しさを思う。

──ずっとふたりでやってきたんだもんな……。でも、これからはいつだって俺たちがいる。もう寂しい思いなんてさせないよ……

そんな思いが湧き上がる。両親の代わりにはなれないけれど、四人で同じ時を過ごすことはできる。姉妹が望む『家族団らん』を……

「よし、じゃあ明日の朝は、『旅館の朝ご飯』を目指すか！」

「それもいいけど、『ホテルのモーニング』も捨てがたいなあ……」

そう言いながら、馨がちらりとこちらを見る。喫茶店の息子ならモーニングはお手のものだろう、と言わんばかりの眼差しだった。

「はいはい、お任せあれ。親父ご自慢のコーヒー豆もあるし、今なら極上のチーズトーストも作れる」

「うわー、ラクレットのチーズトーストなんて贅沢すぎじゃない⁉」

「じゃあ、普通のスライスチーズに……」

「ラクレットで‼」

「了解。ラクレットチーズトーストを四人分、だね」

「そ、四人分！」

『四人』という言葉が出るたびに、馨の笑顔が咲く。明日の朝も、賑(にぎ)やかな食卓になることだろう。

だが、その時点で哲は、想像もしていなかった。椅子が四つのテーブルでは足りなくなる日が、すぐそこまで来ていることを……

チーズのカロリー

一口にチーズといっても主なものだけでも 400 ～ 500 種類、製造方法や料理方法はもちろん、カロリーも大きく異なります。プロセスチーズは総じてカロリーが高くなりがちですが、ナチュラルチーズも種類によってはなかなかのもの。パルメザンチーズは 100 g あたり 475kcal、チェダーチーズが 423kcal、クリームチーズは 346kcal もあります。
一方、同じナチュラルチーズでも、カマンベールは 310kcal、モッツァレラで 276kcal、カッテージチーズに至っては 105kcal と、かなり低カロリー。ダイエット中の方はぜひこれらを……と言いたいところですが、カロリーが高いタイプのチーズには、ビタミンや亜鉛がたくさん含まれているものが多く、美容と健康の強い味方でもあります。
種類が豊富で味や風味も様々、でもどれも美味しいチーズ
お料理や体調に合わせて使い分けていきたいものですね。

シャトー・メルシャン 山梨甲州

シャトー・メルシャン（勝沼ワイナリー）

〒 409-1313
山梨県甲州市勝沼町下岩崎 1425-1
TEL：0553-44-1011
URL：https://www.chateaumercian.com/winery/katsunuma/

入情あふれる居酒屋譚、大好評発売中!!
居酒屋
ぼったくり
1~8
【原作】秋川滝美
【漫画】しわすだ
シリーズ累計
140万部
突破!(電子含む)
なんとも物騒な名前の
この店には
旨い酒と
美味しい肴
暖かい人情がある!
居酒屋
ぼったくり
8
【原作】秋川滝美
【漫画】しわすだ
137万部
突破!!
店主の笑顔と
温かな湯気に癒される!
傑作居酒屋人情譚、コミカライズ第8巻!
東京下町にひっそりとある、居酒屋「ぼったくり」。なんとも物騒な暖簾のかかるその店では、店を営む姉妹と客達の間で日々、旨い酒と美味しい料理、誰かの困り事が話題にのぼる。そして、悩みを抱えて暖簾をくぐった人は、美味しいものと義理人情に触れ、知らず知らずのうちに身も心も癒されてゆく——。
●B6判 ●各定価:748円(10%税込)
Webにて好評連載中!
アルファポリス 漫画
検索

ありふれたチョコレート 1 2
AN ORDINARY CHOCOLATE BAR
秋川滝美
TAKIMI AKIKAWA
大人気シリーズ
待望の文庫化!
あくまでも平凡。
だからこそ
特別なものがある。
営業部長兼専務の超イケメン・瀬田に執着された相馬茅乃。けれど、自分は「箱入り特売チョコレート」のようなもの。彼には、「高級ブランドチョコ」のほうが似合うにきまっている……。そう思った茅乃は、あらゆる手段を使って彼のもとから逃げ出した！逃げる茅乃に追う瀬田。二人の攻防の行く末は？
ネットで爆発的人気の恋愛逃亡劇、待望の文庫化!!
◉文庫判 ◉各定価：737円（10%税込） ◉illustration：夏珂
ありふれたチョコレート1
秋川滝美
ありふれたチョコレート2
秋川滝美
平凡なチョコレートにするため、NYで大奔走!?

本書は、2022年8月当社より単行本として刊行されたものを文庫化したものです。


この作品に対する皆様のご意見・ご感想をお待ちしております。

おハガキ・お手紙は以下の宛先にお送りください。

【宛先】

〒150-6019 東京都渋谷区恵比寿4-20-3 恵比寿ｶﾞｰﾃﾞﾝﾌﾟﾚｲｽﾀﾜｰ 19F
（株）アルファポリス　書籍感想係

ご感想はこちらから

メールフォームでのご意見・ご感想は右のＱＲコードから、
あるいは以下のワードで検索をかけてください。

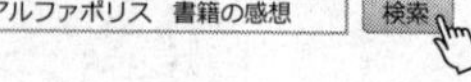

アルファポリス文庫

居酒屋（いざかや）ぼったくり　おかわり！３

秋川滝美（あきかわ たきみ）

2024年　2月　29日初版発行

編集－塙 綾子
編集長－倉持真理
発行者－梶本雄介
発行所－株式会社アルファポリス
〒150-6019東京都渋谷区恵比寿4-20-3 恵比寿ｶﾞｰﾃﾞﾝﾌﾟﾚｲｽﾀﾜｰ19F
TEL 03-6277-1601（営業）　03-6277-1602（編集）
URL https://www.alphapolis.co.jp/
発売元－株式会社星雲社（共同出版社・流通責任出版社）
〒112-0005 東京都文京区水道1-3-30
TEL 03-3868-3275
装丁・本文イラスト－しわすだ
装丁・中面デザイン－ansyyqdesign
印刷－中央精版印刷株式会社

価格はカバーに表示されてあります。

落丁乱丁の場合はアルファポリスまでご連絡ください。

送料は小社負担でお取り替えします。


ISBN978-4-434-33483-2 C0193